Mangaka

MANGAKA

Une incroyable saga en 4 tomes

Mangaka 2 .... 6 mars 2024
Mangaka 3 .... 5 juin 2024
Mangaka 4 .... 21 août 2024

Casterman
Rue Haute 139
1000 Bruxelles
Belgique

www.casterman.com

ISBN : 978-2-203-25766-5
N° d'édition : L.10EJDN002849.N001

Composition et mise en pages
Nord Compo à Villeneuve-d'Ascq
Conception de charte intérieure : Muriel Lefebvre

Achevé d'imprimer en décembre 2023, en Italie, par Grafica Veneta S.P.A,
(2, Via Malcanton, 35010 Trebaseleghe PD)
Dépôt légal : janvier 2024 ; D.2024/0053/240
Déposé au ministère de la Justice, Paris (loi n° 49.956 du 16 juillet 1949
sur les publications destinées à la jeunesse).

PEFC
PEFC/18-31-226
Certifié PEFC
Ce produit est issu de forêts gérées durablement et de sources contrôlées.
www.pefc.be

Thibault Vermot

Mangaka

1

casterman

À Cécile, Camille et Valentine.

« Dans certaines situations, on est tellement désespéré
qu'on ne sait plus quoi faire à part gesticuler bêtement…
Quand on dessine un manga hebdomadaire,
ce genre de situation arrive tous les jours ! »

Ryomen Sukuna

« J'exerce simplement mon effort
sur un maximum d'apparences,
en étroites corrélations
avec des réalités inconnues. »

Claude Monet

0.

Quand la centrale de Tchernobyl a explosé Ʊ,

les gens qui étaient sur place depuis le début, avant même que les radios commencent à parler du fait que c'était dangereux, qu'il fallait évacuer,

les gens ont commencé à raconter une histoire.

Peut-être qu'ils avaient bu trop de vodka pour se donner du courage, peut-être qu'ils sont devenus fous ce jour-là. Une équipe s'est portée volontaire pour transporter des sacs de sable dans la salle du cœur. Pour éviter la panique, on leur a enlevé les dosimètres, comme ça ils ne seraient pas perturbés par les bips indiquant le taux de radiation. En fait, certains plaisantaient en disant que de toute façon, les dosimètres eux-mêmes auraient sauté. L'équipe s'est mise en marche, des garçons jeunes, torse nu pour supporter la chaleur. Quand on pense qu'après ça les nettoyeurs étaient équipés d'une armure de plomb… Ils savaient qu'ils allaient à la mort, mais pour eux, servir la patrie c'était quelque chose. Ils ont porté des sacs jusqu'au réacteur, ils les ont crevés, ils ont balancé le sable un peu partout. Comme pour un incendie conventionnel, sauf que ce n'était pas un incendie conventionnel. Dérisoire, mais il valait mieux faire quelque chose que rien, non ? Certains d'entre eux ne sont pas revenus.

Les autres ont été hospitalisés dans des cliniques loin des regards, loin des villes, perdues au milieu de forêts de bouleaux. Ils se sont mis à parler juste avant de mourir, peut-être pour ne pas emporter des secrets dans la tombe. Ils ont raconté que leurs camarades étaient tombés dans un trou non loin du cœur, happés par une bête de goudron. « La bête de goudron ! La bête de goudron ! » hurlaient-ils sur leur lit d'hôpital.

Les infirmières leur disaient de se calmer à travers des interphones, puisque personne n'avait le droit de les approcher. Mais ça ne marchait pas.

Ils continuaient à hurler jusqu'au petit matin.

Ils n'arrivaient plus à dormir.

Peut-être…

Peut-être n'était-ce qu'un cauchemar. Peut-être, à force de jongler avec les atomes, les hommes avaient-ils réveillé quelque chose de caché sous la terre.

1. ASUKA

Asuka aimait bien écrire son prénom. Il y avait plusieurs manières de le faire en japonais. Et à chaque fois, le sens était différent : « amour », « fleur », « lumineuse ». « Brume », « viens », « pas maintenant ». « Demain », « oui », « soleil ».

Depuis qu'elle était petite, elle voyait les choses d'une manière particulière : pour elle, une scène de la vie quotidienne devenait une histoire pleine de rebondissements.

Si Grand-Mère accrochait du linge dans le jardin et que le vent faisait gonfler les draps blancs, elle inventait une histoire de fantôme.

Si Sozuke fermait la porte et qu'elle se rouvrait en grinçant, c'était sûr qu'un monstre invisible avait rampé sur le sol et s'était caché dans le tiroir de la cuisine.

Et si son père commençait à la gronder, Asuka rajoutait du rouge, des yeux blancs, des postillons qui sortent d'une mâchoire énorme et des kanjis[1] géants au-dessus de ses cheveux en pétard. Et au lieu de baisser le regard, penaude, elle se mettait à rire en dessinant tout ça dans sa tête. Sa mère levait les yeux au ciel, exaspérée. « Tu écoutes quand je te parle ? tonnait son père. La vie n'est pas une caricature ! »

Mais comme ils aimaient bien les dessins d'Asuka et que tout le monde autour d'eux trouvait que cette petite fille avait du talent, ils avaient fini par lui offrir du bon matériel.

Asuka sut très tôt que plus tard, elle dessinerait des mangas.

Sa première bande dessinée, elle la dessina un peu avant ses quatre ans. Bien sûr, depuis cette époque elle avait progressé en technique, parce qu'au début, c'était pas ça. Des bonshommes ronds, des bras en bâton. Sozuke disait qu'elle se débrouillait quand même déjà très bien pour les bouches et les sourcils. Ça donna du courage

---

1. Caractères japonais.

à Asuka-chan. Si vous savez varier le dessin des sourcils, vous pouvez modifier trente expressions de visage…

Et puis, Asuka avait le coup d'œil. Elle savait ce qu'on pouvait transformer en histoire, et ce qu'il valait mieux laisser tomber. À cinq ans, elle avait toujours des carnets sur elle, des crayons. Elle les emmenait partout.

Plus tard – bien plus tard –, elle découvrit quelque chose de plus. Ça arriva au cours de l'été 20** et des mois qui suivirent.

Il y a des histoires qu'on n'arriverait pas à inventer, même si on voulait.

2. FUKUSHIMA HOLIDAY TOUR

La famille Ueda avait décidé de passer des vacances tranquilles loin d'Osaka. Ce que signifiait au juste « tranquilles », Asuka avait surpris sa mère en train de l'expliquer à son père : « à peu près à 800 kilomètres du travail ». Ainsi, après un long voyage en train, ils se retrouvèrent tous les quatre juste au-dessus de Fukushima, dans un village de montagne qui proposait des bains de vapeur et des randonnées – activités parentales notoires. Tous les matins, en se levant, Asuka courait sur la terrasse de l'auberge tenue par M. et Mme Yamadori, et buvait son thé noir en regardant les forêts de pins dévaler la montagne jusqu'à la plaine noyée de brume. Et comme tous les matins, le dernier jour, son frère Sozuke la rejoignit sur la terrasse enroulé dans un plaid, avec juste sa tête endormie qui dépassait et sa main tenant une tasse.

— C'est beau, hein ?

— Oui, confirma Asuka. C'est beau.

— Je parie qu'il y a tous les fantômes de Fukushima qui flottent dans la brume. Tous les noyés. Tu les as dessinés ?

Asuka étouffa un frisson.

— Non… Certains trucs ne se laissent pas dessiner comme ça… Tu ne crois pas ?

Sozuke réprima un sourire dans sa tasse de thé.

— Ce que je crois, c'est qu'une gamine comme toi ne devrait pas parler comme une grand-mère.

Elle leva les yeux au ciel.

— C'est quoi le programme aujourd'hui ? Encore une randonnée ?

— Du calme avec tes randos, gloussa Sozuke. On a déjà vu trois Gros Trucs En Pierre, deux Saintes Fontaines Bénies, dix Sanctuaires de Nulle-Part, toutes les curiosités locales. Non, aujourd'hui c'est valises, et ils nous laissent tranquilles. Tu vas passer ta matinée à dessiner, je présume ?

Asuka aspira la dernière gorgée de thé.

— Exactement.

Et elle tourna les talons pour préparer son matériel. Il n'y avait pas de temps à perdre. Dans trois jours elle rentrait au lycée Shimizudani, à Osaka, et il faudrait attendre longtemps avant qu'elle puisse s'offrir un autre jour de liberté. La bonne nouvelle, c'est qu'Hina et elle atterrissaient dans la même classe. Elles se connaissaient depuis la maternelle.

Asuka monta à l'étage et boucla son sac à dessin : planche, feuilles, crayons, plumes, aquarelle. Être dans la même classe que sa meilleure amie, qu'est-ce qui pouvait arriver de mieux ?

Elle redescendit les marches en trombe le sourire aux lèvres, et sortit dans la rue.

Elle commençait à bien connaître le village, mais il y avait des ruelles en pente partout, et certaines qui, une fois que vous aviez tourné à l'angle, s'enfonçaient soudain dans le bois de bambou. Il y avait toujours quelque chose à découvrir. Le soleil flamboyait là-haut, la lumière était bue par les panneaux de fibre de riz des maisons. C'était comme si le village venait d'être nettoyé à neuf.

Asuka flâna un moment et choisit pour finir une ruelle qu'elle n'avait pas encore explorée. Quelques maisons, un chemin de planches de bois au sol, des lanternes accrochées aux toits de chaume. Au bout de la ruelle, on distinguait un pont arrondi au-dessus d'une rivière. Après ça, le chemin serpentait entre les pins. Quelques oiseaux chantaient dans la montagne, un vol de libellules passa, un homme aiguisait un couteau de cuisine sur le pas de sa porte en sifflotant. Il y avait aussi l'odeur fraîche de résine. Elle s'assit par terre, prit sa planche à dessin et commença son croquis à petits traits sûrs pendant que le soleil décrivait une lente courbe au-dessus du monde.

— C'est pas mal.

Asuka sursauta et tourna la tête : encore Sozuke. Les mains dans les poches, son Nikon autour du cou, il la regardait en souriant. Elle brandit son crayon.

— Tu m'espionnes et tu m'as fait peur !

— J'étais en train de me promener à la recherche de cailloux magiques, et je t'ai vue juste là.

— C'est ça. Je parie que tu m'as suivie.

Les « cailloux magiques », Asuka-chan et Sozu en cherchaient tout le temps quand ils étaient plus petits. À présent, c'était surtout devenu une blague entre eux, mais elle soupçonnait parfois Sozuke de les chercher *vraiment*. Le sourire de son frère s'élargit. Elle lui piqua le torse de son crayon.

— « Pas mal », mon dessin ? Tu ne pourrais pas dire « génial », pour une fois... ? Bon, qu'est-ce que je pourrais améliorer ?

Il s'agenouilla à côté d'elle, et au lieu de regarder sa planche, il plissa les yeux, se concentrant sur la ruelle.

— Tu as fait des progrès, quand même. Hé... regarde là-bas !

Au fond de la ruelle, un écureuil passait en bondissant. L'homme au couteau était rentré chez lui, on l'entendait encore siffloter. Sozuke montra le petit pont : « Là ! »

Asuka ne l'avait pas remarqué avant ça : quelqu'un se tenait immobile sur le pont, comme pour les regarder. Dans le soleil, difficile de bien voir. Une ombre noire qui semblait flotter dans la chaleur de fin de matinée. Elle ferma les yeux une seconde, aveuglée par la lumière.

Elle perçut alors quelque chose d'étrange ; au moment de fermer les yeux, l'ombre devint un jeune homme en train de porter une sorte de gros sac sur son dos. Quand elle rouvrit les yeux, il n'y avait plus d'ombre.

— Où est-il ? murmura-t-elle à Sozuke.

— Je n'en sais rien, avoua-t-il. C'est parti comme ça. Je t'avais bien dit qu'il y avait des fantômes. On va voir ?

Asuka cligna des yeux en examinant le sourire plein de dents de son frère. Il adorait la mettre au défi. La « déclencher ».

— Non, dit-elle en regardant son dessin, mais je pourrais bien rajouter ce type en noir sur mon pont.

Il claqua de la langue, satisfait.

— Tu commences à comprendre, Asu-chan. Des fois, il ne faut pas te contenter de ce que tu vois. Il faut essayer de dessiner ce que tu ne vois pas.

— Pff. Merci pour le tuyau, papi… !

Elle se remit à dessiner. La mine de son crayon était émoussée ; l'ombre apparaissait à peine sur son pont de papier. Elle se tourna brusquement vers son frère.

— Sozuke. Le lycée, c'est difficile ?

Il était en deuxième année d'université. Il se gratta le menton, les yeux fixés sur la ruelle.

— Difficile, ça dépend.

— De quoi ?

— Des choix. Des choix que tu fais.

3. LA CACHETTE

Sozuke voulait prendre quelques photos avant le départ et il laissa Asuka à ses esquisses. Elle retourna dans sa tête ce qu'il venait de dire. Des choix ? Ça ne voulait pas dire grand-chose. Ou c'était plein de sagesse. Un peu comme l'astrologie dans le journal. Elle rangea son matériel dans son sac à rabat et l'accrocha à son épaule. Elle se demanda ce qu'il y avait d'écrit au sujet de son signe astrologique, dans le journal. Était-ce « vous aurez des pressentiments » ? Car elle avait un pressentiment.

Elle descendit la ruelle pour arriver jusqu'au pont de bois. Il n'y avait plus personne, mais à travers le feuillage, de l'autre côté, elle eut l'impression que quelqu'un l'épiait. C'est souvent comme ça dans les forêts. C'est à cause des kamis*. Il suffit probablement de s'habituer. Le ciel était si bleu, mais le feuillage des arbres si épais que la

---

*Tous les mots marqués d'un astérisque sont expliqués dans le lexique en fin d'ouvrage.

lumière ne passait presque pas au-dessous. Elle traversa le pont ; elle n'avait pas vraiment l'intention d'aller plus loin. Alors quelque chose attira son regard, juste à ses pieds. Pas des « cailloux magiques », mais de petits bâtons de bambou. Elle se pencha pour en attraper un et l'examina sous la lumière du soleil. Il y avait des signes dessus, ça semblait gravé au couteau.

Un jouet d'enfant ? Asuka retournait le bâtonnet entre ses doigts lorsqu'un craquement lui fit relever la tête en direction de la forêt. Elle plissa les yeux et finit par la voir : derrière un taillis de bambous, l'ombre était là. « Le patôme ! Le patôme ! » hurlait-elle quand elle était petite et que Sozu sortait d'un rideau pour lui bondir dessus.

Le fantôme.

Et dans le taillis, deux ronds brillèrent comme deux yeux.

D'un pas d'automate, elle se dirigea vers l'ombre. Les deux ronds blancs scintillaient. Elle sentit l'angoisse l'étrangler.

Alors l'ombre tourna la tête et fit demi-tour, filant à travers le bois. Asuka aussi se mit à courir, à courir. Craquement des feuilles mortes sous ses pieds, dents serrées, yeux écarquillés par l'effort. Le sac battait dans son dos. Le rabat claquait.

Elle dévala une pente, criant : « Reviens ! » et l'ombre galopa plus rapidement encore devant elle. Asuka descendit ainsi au plus profond de la forêt.

Elle eut soudain la nette impression d'être dans une histoire, d'avoir quitté le réel rassurant et connu.

Le sol était inégal ; Asuka s'en rendit compte quand sa cheville se tordit brutalement, envoyant une flèche de douleur dans toute sa jambe. Elle cria et s'étala dans l'herbe rase. Juste avant qu'elle ne se relève, un objet capta son attention : encore un bâtonnet de bambou. Elle l'examina. Même genre que celui trouvé près du pont ; avec des entailles dessus.

Elle se redressa, aux aguets.

La brise passait entre les troncs de bambou. Le « fantôme » avait disparu de son champ de perception. Asuka s'aperçut qu'on n'entendait plus rien d'autre qu'un vent léger, comme une flûte. *C'est étrange*, se dit-elle, *dans une forêt il y a pourtant des oiseaux dans les hauteurs, des rongeurs sous les feuilles mortes*. Elle n'avait pas son téléphone sur elle : impossible de savoir quelle heure il était. On ne devait pas être loin de midi ?

Une branche craqua loin devant elle ; Asuka tressaillit et serra les poings sur l'anse de son sac. À présent, impossible de nier qu'elle était *attirée*. Elle avança en direction du craquement.

Le chemin grimpait entre les bambous et les fougères. Asuka progressa sur environ cinq cents mètres jusqu'à une clairière. Là, en grognant qu'elle détestait le sport, elle mit les mains sur les genoux pour reprendre sa respiration et, à travers ses mèches collées par la sueur qui coulait de son front, elle examina l'endroit.

Entouré de hautes tiges vertes, un éboulis de roches énormes s'était entassé à l'extrémité du cercle d'herbe fleurie.

Elle repéra d'emblée l'entrée d'une grotte. Son cœur se mit à battre plus vite.

Elle avança. Toute exploratrice rêve un jour de découvrir une grotte et, eh bien, de l'explorer... Par terre, trois autres morceaux de bambou. *Un jeu de piste*, se dit-elle, *mais pourquoi... ?* Un souffle froid l'accueillit dès l'entrée.

Asuka parcourut quelques mètres dans l'ombre et s'enfonça sous terre.

On n'y voyait rien. Trébuchant sur les pierres qui jonchaient le sol, les mains devant elle pour éviter de se cogner, elle se trouva cependant bientôt dans une salle en contrebas.

La lumière du jour venait d'un trou dans le plafond et éclairait doucement le sol de pierre. Un fin tourbillon de poussière montait le long des rayons de soleil. Au fond coulait un filet d'eau. Elle fit quelques pas. Près du filet d'eau, quelque chose par terre attira son attention.

C'était un duvet, ou plutôt ce qu'il en restait : rouge, fin, et à moitié déchiqueté. Asuka s'accroupit pour en savoir plus, mais un couinement lui fit dresser les poils : un truc habitait manifestement dedans. Un rat... ? Elle recula avec une grimace, pas pressée de se faire mordre la main et d'attraper la peste. À l'évidence, si cette grotte avait servi de cachette ou de terrain de jeu secret, elle était à présent déserte depuis un moment déjà. Mais autre chose se trouvait non loin du duvet : un sac. Un sac d'écolière.

Elle le saisit par l'anse, l'examina puis ouvrit l'attache rouillée. Quelqu'un avait dû l'abandonner ou le cacher ici pour faire une blague. Ou être méchant. Pas de rat dans le cartable, mais quelque chose cliqueta. Elle savait à l'avance ce que c'était, et elle avait vu juste : des morceaux de bambou. Évidemment. Asuka les récupéra et les fit tourner entre ses doigts, fronçant les sourcils.

Ils mesuraient une dizaine de centimètres, tous gravés au couteau de signes qui ne voulaient rien dire. En tout cas pas à sa connaissance.

L'un d'entre eux était creux, un peu plus long, et elle poussa une exclamation en reconnaissant cette fois-ci un caractère lisible :

間

Ma. « Entre-deux ». Qu'est-ce que ça signifiait, au juste ? Asuka essayait de réfléchir, mais n'arrivait pas à trouver de lien clair entre ces éléments. Elle avait suivi l'ombre, mais y avait-il vraiment eu une ombre ? N'était-ce pas encore un tour de son « imagination débordante », comme disait souvent sa mère ? Le bâtonnet creux avec 間 dessus lui plaisait, et il y avait peut-être un mystère là-dessous, et ça aussi ça lui plaisait – même si pour le moment elle n'était pas tout à fait tranquille. Elle le glissa dans sa poche et plongea à nouveau la main dans le cartable.

Il y avait aussi un papier coloré qu'elle déplia : une enveloppe de bâton de glace GariGari-kun. Elle en mangeait quand elle était toute petite… Puis Asuka tira du sac un autre objet. C'était une poupée.

Elle l'examina en silence. Il y avait encore le relief sur le visage, mais la peinture des yeux s'était effacée avec le temps. Les habits étaient troués ; ils avaient dû être dévorés par les mites ou les souris. D'un trou dans le ventre s'échappait une bourre de coton noirâtre. Asuka sentit son cœur se serrer devant cette apparence pitoyable. Puis l'évidence la frappa : cette poupée était morte.

Ça ou les doudous trop vieux, usés jusqu'à la trame, ça l'avait toujours rendue triste.

L'idée lui vint brusquement qu'il fallait l'enterrer, ou tout du moins lui prodiguer les derniers soins. Tenant la poupée par un bras, Asuka l'allongea sur une pierre plate au bord du filet d'eau. L'eau était claire et fraîche. Un rayon de soleil baigna le visage aveugle de la poupée.

– Comme ça tu auras un peu moins froid, murmura-t-elle d'une voix tremblante. J'aurais quand même bien aimé te trouver une petite couverture. Je ne sais même pas comment tu t'appelles…

Elle déposa le sac d'école au pied de la pierre. Puis elle s'agenouilla devant la poupée, caressa sa joue du bout du doigt. En joignant les mains, Asuka serrait le bâtonnet de bambou et prononça à mi-voix la prière à Bouddha, *Namu Amida Butsu, Namu Amida*…

Le soleil avait dû bouger là-haut.

Elle s'aperçut qu'elle avait trop chaud ; elle transpirait, comme sous hypoglycémie : légère nausée, le tournis. Il était temps de rentrer. Elle se releva et prit le chemin du retour. Avant de sortir de la pièce souterraine, elle lança un dernier regard en arrière.

En fait, Asuka n'était plus sûre de la façon exacte dont elle l'avait disposée – mais la poupée avait la tête tournée vers elle.

4. MA

Après être sortie de la forêt, elle « regagna le monde réel » en trottant vers le village. Cette grotte avait quelque chose de dérangeant, même si la théorie de la blague faite à une écolière était crédible. « Eh ! On a caché ton sac et ta poupée ! Tu les retrouveras jamais ! » Les enfants, se souvint Asuka, sont si méchants entre eux parfois… Elle rejoignit sans encombre le chemin qui menait au petit pont. La tête lui tournait encore. En arrivant dans les ruelles, elle reconnut la voix de Sozuke ; il l'appelait. Elle toucha le morceau de bambou au fond de sa poche et courut pour rentrer à l'intérieur du village.

— Tu fichais quoi ?

Sozuke avait son air ironique.

— Je suis allée faire un tour dans la forêt. Pour voir.

— J'espère que tu as vraiment trouvé quelque chose d'intéressant, parce que tu vas avoir besoin de rééquilibrer ta balance de karma, sœurette-chan. Les parents sont dingues, ils ont cru que tu t'étais fait bouffer par un kami ! Ça fait deux heures qu'on t'attend...

— Hein ? Deux... ? Zut ! En fait, j'ai trouvé...

— Quoi ?

Asuka laissa flotter un silence. Trouvé quoi ? C'était une bonne question. À bien y réfléchir, elle n'était pas certaine de savoir quoi répondre.

— Rien. J'ai trouvé... rien.

Sozuke leva les yeux au ciel.

— N'importe quoi. Tu vas te faire fumer comme un jambon, ça je te le garantis !

Elle serra le morceau de bambou au fond de sa poche et repensa à la poupée. Elle ne savait pas si ça rééquilibrait la balance de son karma, mais elle avait fait quelque chose qui avait l'air bien.

Ils rejoignirent tous deux l'auberge. Dans le hall, M. Yamadori, le propriétaire, replia son journal avec un air désolé et secoua la tête en faisant *Tt-tt* au passage d'Asuka. Puis les parents entrèrent en scène et l'engueulèrent comme pas permis. Ils avaient fini par s'inquiéter et ce genre de trucs de parents, mais après leur avoir hérissé les cheveux, dessiné une grande bouche et rajouté des kanjis ridicules au-dessus de la tête, Asu-chan s'esquiva pour manger du wappa-meshi – un riz parfumé avec du crabe et des petits légumes – et un peu de soupe miso. Sozuke avait gardé des mochis qu'il lui offrit en secret, en lui faisant choisir « la main droite ou la main gauche ? » comme quand ils étaient petits. Asuka fronça les sourcils ; mais au fond, elle apprécia.

Après la dernière randonnée de l'après-midi, Asuka était cuite. Sozu avait emporté sa guitare de voyage et elle l'entendit se mettre à jouer de l'autre côté de la cloison. Elle sortit ses carnets de dessin, arracha une page et alluma trois bougies chauffe-plat. Ça faisait tout de suite une ambiance mystique ; avec les bruits de la campagne qui passaient par la fenêtre ouverte, la brise chaude du soir, la douce guitare, elle se croyait presque revenue il y a trois siècles, quand paraît-il les choses étaient plus simples. Asuka étouffa un bâillement, puis en sifflotant elle tailla deux crayons et vérifia le niveau d'encre de son roller. Elle allait se contenter de choses simples elle aussi, raconter sa journée en croquis comme dans les bandes dessinées qu'elle détestait, du genre j'étale ma petite vie de tous les jours et Jejeje et Moimoimoi partout. Ce soir, pas de scène avec plusieurs personnages, pas de dialogue sophistiqué, pas de bataille. Pas de plume d'ailleurs, mais un roller bleu. Elle réfléchit en suçotant son stylo, puis dessina d'abord une sorte de plan :

Quelques toits sur une montagne ʜᴀΛʜᴀ
Un filet de rivière ζ et un petit pont ⌒
Une forêt dans un marécage ḬḬḬḬ
L'entrée d'une grotte Ω

Asuka essaya de se souvenir de la poupée en esquissant plusieurs visages, mais ça ne donna rien.

Enfin, elle s'amusa à recopier le morceau de bambou trouvé dans la caverne, juste sous son nez, à côté du carnet.

Ça a l'air si simple, un morceau de bambou, mais elle s'appliqua. Dessiner des choses simples, c'est un exercice de style, c'est jamais évident. Elle prit soin de rajouter les ombres créées par les trois bougies, les jointures, l'orifice rond qui s'enfonçait dans la tubulure de bois mort. Soudain elle posa son roller dans un claquement sur la page du carnet – frappée par une idée. Elle dévissa son stylo, récupéra la mine d'encre et l'enfonça dans le bambou creux : ah oui, ça rentrait parfaitement, comme une main dans un gant !

Mais en enfonçant la mine, elle avait fait tomber quelque chose sur le plateau du bureau. Ça devait être coincé à l'intérieur du bambou. Elle prit ce qui ressemblait à une boule de duvet et l'approcha de la flamme pour mieux voir. C'était en réalité une boucle de cheveux, des cheveux noirs, qui se déroula dans sa paume. Ils étaient encore souples, ça avait dû être coupé récemment et coincé dans le creux du bambou. Comme des cheveux de la poupée, se dit Asuka ; mais ceux-ci avaient l'air réels. Elle aurait pu lancer la boucle dans la poubelle ou par la fenêtre.

Si ça se trouvait dans le bambou, *alors* celui-ci était peut-être une sorte de talisman ?

« Idée stupide », grommela-t-elle. Sauf qu'au lieu de jeter la boucle de cheveux, elle la sépara en plusieurs fragments qu'elle tressa entre eux et noua solidement en faisant plusieurs tours autour du morceau de bambou. Il n'y eut pas d'influx magique lui parcourant les doigts ou ce genre de chose, mais ainsi, ça lui semblait *la bonne façon de faire*.

Puis elle contempla son invention. Ce truc avec une mine de roller était sacrément long, il n'allait probablement pas être facile à manier, mais Asuka se dit que c'était comme un upgrade dans un jeu vidéo : elle avait amélioré son outil de travail. Est-ce que ce n'était pas ça, créer ? Prendre ce qui vous passait sous la main, et imaginer une autre utilité... ? Il faudrait lui trouver un nom. La flamme des bougies tremblait, faisant luire le caractère 間 gravé juste au-dessous de la boucle de cheveux. « Entre-deux » ? Ça pouvait signifier beaucoup de choses. Mais ce n'était pas le bon moment pour y réfléchir. Après tout ce qui s'était passé aujourd'hui, elle se sentait vidée de toute énergie et bâilla un grand coup. Demain ils repartaient tôt. Et dans trois jours : la rentrée. À la fois loin et bientôt. Elle remarqua que Sozu avait arrêté de jouer.

La tête lui tournait.

Elle aurait pu s'écrouler de fatigue et sentait que la moindre contrariété pourrait la faire fondre en larmes, mais au lieu de penser à dormir elle attrapa son nouveau « crayon », tourna la page de son carnet et se mit à dessiner un pont à la manière chinoise, un pont qui traversait une rivière. C'était un paysage de nuit. La mine de roller plantée dans le morceau de bambou glissait sans difficulté sur la page du carnet et Asuka vit le paysage prendre forme sous ses coups de poignet avec une facilité déconcertante. De temps à autre elle s'arrêtait, caressait la boucle de cheveux du bout des doigts et s'y remettait. Comme c'était un paysage de nuit, il y avait beaucoup de noir. Un noir fluide, rempli et profond.

Au milieu du pont se tenait une ombre, une ombre qui portait sur le dos un sac d'écolière. Il y avait peut-être une lune, mais dans le miroir de l'eau l'ombre n'avait aucun reflet. C'était… Oui, une *vraie* réussite. *Oh, que j'ai envie de dormir*, se dit-elle enfin en reposant son nouvel instrument. Elle laissa le carnet ouvert pour que l'encre sèche puis souffla les bougies. Et pendant que l'odeur de fumée s'éparpillait dans la chambre, elle s'arracha de sa chaise et trouva la force de se jeter sur son lit.

Avant de se glisser sous les draps, elle regarda par la fenêtre, laissée entrouverte à cause des chaleurs d'été. Elle n'avait qu'à tourner la tête, car le montant descendait jusqu'au matelas. Elle vit les toits qui dévalaient la montagne, entendit la rivière, devina la grotte. *Le fantôme t'a menée jusqu'ici*, se dit-elle soudain, *il voulait te montrer le sac, la poupée*. Elle eut subitement envie de se terrer sous la couette. Mais le spectacle du ciel finit par l'apaiser. Loin des grandes villes, les étoiles scintillaient sur la voûte du monde. Tout était calme.

5. RÊVE

Il devait être deux heures du matin lorsque le froid la réveilla. Elle eut du mal à se redresser pour fermer la fenêtre à cause du sommeil. Quand elle poussa le battant, elle sursauta : un coup de vent lui cingla le visage et elle l'entendit *feuilleter* son carnet, laissé sur le bureau. Elle se frotta les yeux et regarda par la fenêtre. La lune plantée au sommet de la montagne. La montagne descendait vers la mer, la forêt grimpait sur la montagne, la brise d'ouest portait une forte odeur d'aiguilles de pin. Le seuil du village dormait, séparé de la forêt par la rivière. Sous la lune, la rivière luisait. Il y avait ce pont, et au milieu du pont, une ombre qui, Asuka le *savait*, regardait dans sa direction. Elle boucla précipitamment la fenêtre. La fenêtre bouclée, les rideaux tirés, elle s'allongea de nouveau et ferma les yeux en murmurant :

— Quel horrible cauchemar…

Mais au moment de se rendormir, un sursaut agita tout son corps, comme quand on rêve de trébucher ou qu'un millier d'yeux fichés dans le mur vous regardent. Elle se mit à trembler sur le matelas. Elle était en train de se rappeler toutes les images agréables de ses vacances, et dans un coin de chacune elle venait de s'apercevoir qu'il y avait un détail en plus.

La poupée.

Allongée, la tête tordue et les yeux effacés, elle regardait Asuka et appelait au secours.

6. 4 HEURES DE TRAIN

La famille Ueda se trouva ponctuellement en rang juste derrière la ligne jaune sur le quai de la gare, presque désert à cette heure si matinale. Asuka regarda une dernière fois l'endroit qu'ils allaient quitter. La brise était fraîche. Elle n'avait pas si bien dormi. Elle aurait voulu boire un café, aussi. Son regard se perdit le long du quai où flottait encore un reste de brume. Le soleil était passé au-dessus de la montagne et illuminait le couloir du chemin de fer. Il y avait tout de même quelqu'un à l'extrémité du quai de béton, dont elle distingua la forme. Un garçon, un garçon de son âge avec un gros sac à dos (*non, pas un sac d'écolière*) – ou ça y ressemblait. Il porta à la bouche quelque chose qui rappelait une canette de thé. Il tourna la tête. À trente mètres de distance, leurs regards se croisèrent.

Mais un scintillement au bout des rails annonçait l'arrivée du train, sur lequel se concentra Asuka. Il glissa jusqu'à eux dans un crissement de freins ; les portes s'ouvrirent et elle se dépêcha d'empoigner sa valise. Le chef de quai leva un drapeau et siffla. Le train s'arracha alors du quai et longea bientôt la montagne vers le sud.

Les parents avaient déjà sorti leurs téléphones et regardaient des photos qu'ils s'étaient envoyées l'un à l'autre sur Line. Sozuke lisait un bouquin dont la couverture était sur le point de se détacher. Distraitement, Asuka y déchiffra le mot *Reconstruire*. À l'évidence, personne n'avait envie de parler. Elle attrapa son téléphone pour écrire un message à Hina.

Hina était non seulement sa meilleure amie, mais aussi sa scénariste. Elle débordait d'idées comme Asuka n'en aurait jamais. Ça faisait trois ans qu'elles travaillaient sur un manga : *La Légende des Trois Îles*. Après pas mal de disputes à ce sujet, Hina avait fini par décréter que c'était un super titre, rapport à tous les symboles qui tournent autour du mot « légende », du chiffre 3 et du concept d'île. Et que le scénario, c'était son truc à elle, qu'elle n'allait pas faire une masterclass à Asuka sur comment on construit un super titre. « Je te donne quand même un indice gratuit : si tu veux savoir, c'est surtout question d'être énigmatique et de laisser rêver. Pour les autres conseils, tu dois payer, faudrait pas exagérer ! » Hina avait toujours des arguments et ne lâchait *jamais* l'affaire. Asuka avait cédé.

Du côté de la *Légende*, comme elles étaient du genre perfectionnistes, en trois ans elles n'avaient écrit et dessiné que douze pages, mais c'étaient douze pages de bonne qualité. En tout cas c'est ce que leur avait dit Mme Morita, la prof de dessin de dernière année, quand elles avaient enfin osé lui montrer le résultat. « Il reste beaucoup de travail cependant », avait-elle dit. Asuka était déçue au départ, le « cependant » l'avait tuée, mais Hina l'avait consolée en lui rappelant que les profs étaient là pour dire précisément ce genre de trucs, que « cependant » c'était une seconde nature chez eux, un réflexe à la con, qu'ils n'étaient jamais contents, qu'ils voulaient qu'on donne le meilleur.

— Mais on n'a pas donné le meilleur ? dit Asuka à Hina. Bien sûr que si ! J'espérais quand même...

Elle espérait quand même que Mme Morita tomberait des nues devant leur génie. Mais on ne peut pas dire décemment ce genre de chose.

— « Cependant », on peut être fières de notre travail, Asuka-chan ! répliqua Hina avec un clin d'œil. C'est « de bonne qualité ». Appelle ça comme tu veux : des fondations solides. Un camp de base. Le premier barreau de l'échelle. Un incipit de malade. Je peux t'en sortir plein des comme ça.

Asuka avait réfléchi. Quand vous écrivez ou dessinez, il faut faire attention à ce que vous disent les autres. Il y a toujours un peu de vrai. « La moitié du sens dans le pinceau de l'artiste, l'autre moitié dans l'œil du spectateur. »

— C'est vrai, mais Morita-sensei* a quand même raison : on n'a écrit que douze pages, on est loin d'avoir fini…

D'autant que d'après Hina, la *Légende* était un manga du genre trente voire quarante tomes. « Cependant », Asuka était surexcitée en tournant les pages de ses carnets de dessin et l'évidence la frappa : pendant les vacances, elle avait tellement dessiné qu'elle était prête à affronter les trente-neuf tomes suivants de la *Légende*. Elle avait du feu dans les doigts, une envie immense. Voilà ce qu'elle racontait dans son message à Hina, qui répondit :

Chouette ! Alors on se voit demain ?
Moi je reviens avec quelques idées de persos
et un arc de romance.
J'ai un tas de trucs à te raconter !

On se retrouve où ?

Seshima.

Ce dernier mot arracha un sourire à Asuka, mais en relisant le premier message, elle fronça les sourcils. Un arc de romance ? Hé, ça ne ressemblait pas à Hina, ça. Ce qui l'intéressait, c'était quand ça cognait, et leur héros n'était pas du genre à regarder les filles, elles se l'étaient bien juré. Son truc c'était plutôt de traîner dans des coins perdus, des plaines ou des marais, à la recherche de fragments d'une épée maudite qui sauverait le monde. De quelle manière, et c'est quoi le lien entre l'épée et sauver le monde ? Même Hina ne savait pas encore, mais si tous les mangakas savaient comment se finit leur histoire, ça se saurait ! Parfois, ils meurent avant la fin, et Asuka s'était toujours demandé si sur leur lit de mort, quelque part, ils n'étaient pas un peu soulagés de ne pas avoir à finir leur série, tellement ça traînait en longueur, tellement c'était parti loin... Toujours est-il que quand tu cherches une épée maudite, tu n'as pas le temps de parler aux filles. C'est logique. Elles, elles écrivaient des trucs de bonhomme. Du shōnen* *limite* seinen*. Elles voulaient faire *trembler* le lecteur. Alors un arc de romance... ? Comme Guts et Casca dans *Berserk* quand ils font l'amour en armure avec leurs épées plantées dans le sol ? Asuka rougit à cette pensée et leva les yeux pour voir si on la regardait (non !), mais creusa l'idée malgré tout. Un arc de romance entre deux bastons ? Bon. Elle finit par défroncer les sourcils, heureuse de revoir Hina après un mois à arpenter les montagnes de Fukushima. Elle posa son téléphone et jeta un coup d'œil au livre de son frère.

— Pourquoi tu lis ça ?

— Ça ? (Il replia son bouquin, examinant la couverture.) C'est au sujet d'Hiroshima.

— De *reconstruction* après Hiroshima ?

— En quelque sorte. C'est un livre de témoignages de gens qui ont survécu à la Bombe.

— On n'en sortira jamais, de ces histoires ?

— Je ne sais pas, rétorqua Sozuke. On dirait surtout que les hommes n'apprennent jamais de leurs erreurs, puisqu'ils recommencent. Regarde ce qui s'est passé à Fukushima. Deux fois ! Le gouvernement...

— Le gouvernement... ! C'est vraiment trop facile de dire ça, fit la voix de leur père. (Sozuke et Asu-chan sursautèrent en même temps.) Finis ton livre avant de juger, lis-en mille autres, vis ta vie d'homme, dirige un pays. Ensuite tu pourras.

Voilà qui scellait la discussion. Sozuke reprit son livre, les lèvres serrées. Asuka se retint de pouffer.

Le train s'éloignait des vacances en attendant. Elle prit son dernier carnet de notes, dessina rapidement le chemin parcouru du nord au sud, les villes qu'ils croisaient et leurs pâtisseries fétiches. Le train quitta la région du Tohoku et redescendit lentement en direction de l'autre bout de la péninsule, vers Osaka.

« La ville du taiko-manju,

GƆ

mon régal
avec du haricot rouge dedans ! »

7. COMME AVANT POUR LA DERNIÈRE FOIS

Le soir même, après avoir défait les valises, la famille Ueda commanda des sushis et leur fit un sort en échangeant des bribes de vacances, mais ça semblait déjà loin. Le père d'Asuka vérifiait ses mails en même temps. Il se mit debout au milieu du repas et dit à sa femme :

— On débarrasse et on va se coucher. Demain je me lève à quatre heures pour démarrer le service. Figure-toi qu'ils essaient de coincer un membre du personnel qui déroberait des bidons de liquide amniotique artificiel. Je ne savais pas qu'il y avait un trafic pour ça… Et ils ont reçu des cas bizarres pendant qu'on était partis.

Puis ils s'isolèrent dans un coin de l'appartement. Ils travaillaient tous les deux à l'hôpital. Ils n'avaient pas vu Asuka derrière l'une des cloisons, qui les entendit chuchoter :

— Bizarres comment ?

— Des filles retrouvées dans la rue. Perdu beaucoup de sang.

— Cas de viol et tentatives de meurtre ?

Asuka grimaça. Sa mère pouvait être vraiment clinique quand il s'agissait de boulot.

— A priori non, murmura son père.

— Je n'ai rien vu passer aux infos.

— Ça circule seulement en interne. Moins les gens en sauront...

*

Hina avait donné rendez-vous à Asuka au Starbucks de l'avenue Yashita, près des docks. C'était un coin animé, « pétillant » disait Hina. Quelle que soit la période de l'année, ils tendaient des guirlandes à travers les rues, des fanions, et les amoureux se promenaient par ici en se tenant la main, loin du regard des adultes. Dès qu'elle la vit, Hina fit de grands gestes. Asuka répondit avec un petit signe, elle avait le cœur qui battait vite. Hina lui serra les mains, elle était toujours démonstrative.

— Asu-chan !

Elle se mit à rigoler pour rien, elles tapèrent leurs poings l'un contre l'autre, Asuka aussi rigolait. Elle sentait son cœur irradier de bonheur en voyant Hina, et elle savait que c'était pareil. Elles parlèrent en même temps :

— Faut absolument que je te raconte les vacances !

— Il s'en est passé des trucs pendant que t'étais partie !

Mais il y avait quelque chose sur le visage d'Hina pas comme d'habitude, et soudain Asuka comprit.

— Tu as mis du rouge à lèvres !

Hina rougit.

— Tu as vu ça ? J'ai fouillé dans le tiroir de ma mère ce matin, ils n'ont rien vu ! J'ai attendu d'être dehors...

Le ciel bleu faisait scintiller l'eau au pied des docks. Asuka prit un air sévère.

— Selon nos règles, tu te rappelles que le maquillage est réservé aux Pestes ?

Les Pestes, c'était les filles qui ne pensent qu'aux garçons. Hina et Asuka avaient décidé de les appeler comme ça en arrivant au collège. Le genre à remonter leur jupe au-dessus du genou, à se tirer les cheveux avec des barrettes roses, à tricher avec le règlement en mettant une pointe de mascara. « Je suis sûre, pouffait encore Hina l'an dernier, qu'elles envoient leur photo aux mecs ! Tu sais, en bikini, et elles font un petit clin d'œil et le V de victoire ! » Elle rendit son regard à Asuka.

— Merci ! grinça-t-elle. Je me souviens. Mais avoue que ça me va bien !

Asuka (*Et voici Asuka-chan, grande spécialiste du glow-up !*) examina à nouveau Hina en clignant des yeux.

— Ça te va bien, convint-elle. On y va ?

— On y va, confirma Hina.

Elles remontèrent le pier n° 5, une longue jetée en bois construite sur pilotis où se trouvaient des cabanes à beignets ou à bubble tea. Les vendeurs préparaient leur échoppe pour l'après-midi. Pour le moment, le soleil du matin était encore frais et il n'y avait que quelques touristes qui faisaient des photos.

— On prend des mochis ? suggéra Hina.

— Si tu veux.

Le type de la cabane à mochis les accueillit avec un sourire contraint et fit semblant de réordonner ses barquettes de pâtes de fruits. Puis il leur dit :

— Vous êtes toutes seules ?

Les deux filles se regardèrent.

— Trois mochis à la pistache, dit Asuka.

— Et trois à la pêche pour moi, ajouta Hina.

— Je veux dire, enchaîna le vendeur, vos parents sont dans le coin ? Je ne veux pas vous effrayer, mais il vaut mieux pas se promener sans être accompagné par ici.

— Ah bon ? fit Hina avec les yeux pleins de défi.

— Il y a eu une affaire l'autre soir, poursuivit le vendeur de mochis avec une voix enrouée. Une fille retrouvée inconsciente à l'autre bout du ponton.

— Chale hichtoire, dit Hina en croquant dans un mochi.

— Oui. Elle venait de m'en acheter, ajouta le type en montrant son étal derrière lui d'un coup de pouce. C'est arrivé sans que personne ne s'aperçoive de rien. On a juste entendu un cri.

— Je n'ai rien vu aux nouvelles, dit Asuka en se souvenant de la conversation de ses parents.

— C'est vrai, dit le vendeur. Ils n'en ont pas parlé. C'est bizarre, d'habitude ils sautent sur ce genre d'affaire comme sur un bout de viande. C'est peut-être… peut-être parce qu'il n'y a pas eu de mort, même si je peux vous garantir qu'il y avait du sang partout. Il faisait encore jour quand c'est arrivé… Je vous conseille juste de faire attention.

Il semblait sincèrement inquiet. Les filles le remercièrent et poursuivirent leur chemin.

— Ça arrive tous les jours, des trucs comme ça, dit Hina en haussant les épaules. Suffit juste de regarder où on met les pieds… Et puis d'avoir un punching-ball chez soi.

— Un punching-ball… Pourquoi ? demanda Asuka.

— Pour s'entraîner, cocotte, dit Hina en relevant le menton. Ça donne de la confiance et personne vient t'emmerder dans la rue !

Au bout du pier, quelques canots étaient amarrés. Elles sautèrent dans une barque à moteur peinte en bleu et blanc et Hina défit l'amarre. Le canot appartenait à son oncle ; ça ne le dérangeait pas de leur prêter, mais la mère d'Hina n'était au courant de rien. Asuka démarra le moteur avec l'espèce de fil à tondeuse ; bientôt, la barque filait sur l'eau, et elles sortirent de la rade pour prendre la direction de Seshima, un îlot inhabité de la baie d'Osaka.

Ça faisait deux ans qu'elles s'y rendaient à la fin de chaque période de vacances. C'était plus qu'un rituel ; c'était là où elles avaient imaginé la *Légende*.

— J'ai dessiné plein de trucs, affirma Asuka en maniant le gouvernail. Et puis j'ai même inventé un nouveau stylo ! Le seul problème, c'est qu'à cause du lycée on risque d'avoir moins de temps.

— On va voir ça, dit Hina avec un ton de défi.

— Tu es confiante ?

— Bah oui… Sinon tu passes ta vie à attendre au lieu de profiter !

Elle avait le chic pour embarquer les autres avec son optimisme. À quelque distance de là croisaient quelques bateaux, surtout de plaisance. Des gens sur leurs ponts avaient déroulé des cannes à pêche et buvaient leur thé du matin. Les filles les saluèrent en passant, ils leur répondaient de loin. Avec un peu d'imagination, Asuka aurait même pu voir la jonque construite par le héros de leur *Légende* voguer à l'horizon. Même si bon, là, c'était des porte-containers qui attendaient leur tour au milieu de la baie.

Elles abordèrent sur l'îlot de Seshima en raclant sur le sable. Asuka avait relevé le moteur pour éviter de le bousiller. Elles tirèrent le canot au sec à l'abri de la marée, puis se dirigèrent au centre de l'île. La végétation avait explosé durant l'été et elles durent soulever des tas de branches avec les mains.

— Aïe ! cria soudain Hina en se tenant la cheville.

— Qu'est-ce qui t'arrive ? s'inquiéta Asuka.

— C'est rien, répondit Hina. J'ai dû trébucher sur une racine. Une racine en acier… Ça douille !

Elles arrivèrent au milieu et sourirent en constatant que leurs deux chaises étaient toujours là, renversées pour que la pluie ne les abîme pas pendant leur absence, ainsi que le coffret où elles rangeaient du matériel « de secours ». Et ce qu'Hina appelait « la réserve de bouffe ». Il y avait aussi le palmier qu'elles avaient planté deux ans auparavant pour faire un peu d'ombre pendant les canicules d'été. Il les dépassait à présent d'une bonne tête. Hina se précipita sur le coffret, ouvrit le cadenas et lança à Asuka une pochette plastifiée qui contenait du matériel de dessin. En mettant le nez dans le coffre, elles sentirent une nette odeur de moisi.

— Eeeeerk ! s'exclamèrent-elles en même temps alors qu'Hina tirait du fond un paquet de gâteaux colonisé par un mille-pattes géant.

Après ça, elles passèrent aux choses sérieuses.

Pendant une heure, elles rassemblèrent croquis et notes de scénario. Une sorte de rituel maintenant. Elles savaient que c'était important, parce qu'elles avaient constaté ces deux dernières années qu'en grandissant, leur vision des choses changeait, et vite. Que certaines aventures leur semblaient moins cruciales. Que certains traits de caractère apparaissaient dans leurs personnages, qu'ils n'avaient pas auparavant. Elles devaient travailler dur contre la corrosion naturelle du temps pour garder la cohérence de leur histoire. Qui sait, se disait parfois Hina, si un jour elles n'enverraient pas tout balader parce que ça ne les intéresserait plus ? Asuka préférait ne pas y penser et dessinait à la place. L'action, ça calme tout de suite quand on se met à trop réfléchir.

— Toi, dit Hina tout en recopiant des notes prises sur son téléphone, t'es inquiète à cause de quelque chose.

Asuka s'aperçut qu'elle avait crispé les mâchoires à force de penser à ces trucs. Elle referma son carnet et fixa Hina.

— Le lycée, confirma-t-elle. Tout va changer, Hina. Mon frère n'a pas vraiment voulu me le dire, mais tout va changer. Nous aussi, on va changer.

— Tu as peur de ça ? On change tout le temps, Asu-chan.

— On va devoir travailler à bloc pour préparer l'examen final. Je me souviens de mon frère... Il était dévoré par le boulot.

Hina soupira.

— Moi tu sais, j'ai l'habitude. Depuis la maternelle.

Sa mère lui mettait la pression depuis qu'elle était toute petite. Asuka le savait mieux que personne et regretta d'avoir parlé de ça. Hina vivait avec le stress comme un serpent lové au creux de son ventre. Si elle avait une note au-dessous de 80, les punitions et les cours particuliers commençaient à pleuvoir. Hina tripotait son téléphone ; elle lança :

— Une nouvelle année scolaire, c'est comme une nouvelle année scolaire... Les bâtiments seront juste plus grands, il y aura juste plus de monde. On va rencontrer d'autres gens. Voir autre chose, ça va nous faire du bien ! C'est surtout excitant, tu ne trouves pas ?

— J'ai l'impression que je vais perdre le contrôle.

— Qu'est-ce qui te fait dire ça ?

Asuka se racla légèrement la gorge.

— Je le sens, c'est tout…

— C'était comment, Fukushima ? dit soudain Hina. Tu n'as pas eu peur de tomber sur des gens bizarres ?

— Bizarres ? Non…

— À cause des radiations, précisa Hina.

— Mes parents n'ont pas pris un de ces campings à Daiichi, genre « centrale nucléaire tour », quand même ! Tout avait l'air normal…

Asuka sentit qu'elle se crispait. « Normal »… Ce mot venait de déclencher une série d'images projetées à grande vitesse, et qui s'arrêta sur le visage de la poupée dans la grotte. Elle secoua brièvement la tête.

— Les gens aussi étaient normaux, reprit-elle. Les Yamadori qui tenaient l'auberge… C'était un endroit accueillant. J'imagine qu'à force, ils ont reconstruit le coin et les habitants sont revenus.

Asuka s'aperçut soudain qu'Hina faisait seulement semblant de l'écouter. Elle regardait en direction de la mer pendant qu'Asuka parlait, et dès que celle-ci marqua une pause, Hina en profita pour prendre toute la place.

— Moi, dit-elle d'une voix sonore, cet été je suis allée à la plage. Et ! J'ai rencontré une bande, *et* on a traîné pendant trois semaines. Avec Hayao, Taichi et Eiko. C'était gé-nial !

Deux garçons, une fille, compta Asuka. Elle fit la moue.

— Traîné ? Une bande… ? Ah oui… ?

— Tu devrais sortir plus souvent, en fait, rigola Hina. Nous, tous les soirs on faisait un feu sur la plage. Fallait y *être* pour comprendre !

Asuka secoua la tête, un peu abasourdie. La conversation avait bifurqué. *Hina* avait bifurqué. Asuka prit soudain conscience qu'elles ne parlaient pas du tout de leur manga, pour finir. Elle s'insurgea :

— Sortir plus souvent ? Attends, tu connais cette histoire au sujet de Masashi Kishimoto, le dessinateur de *Naruto* ? Il paraît que sa mère doit lui téléphoner pour lui dire d'aller chez le coiffeur, tellement il passe de temps à dessiner.

Hina prit l'air énigmatique et regarda son amie par en dessous.

— Dessiner ? Mmh. *Moi*, j'ai bu ma première bière avec Hayao. Ça fait bizarre !

De quoi parlait-elle ? Asuka sentit une vague panique l'envahir. Qu'est-ce qu'elle avait échangé d'autre avec cet Hayao ? Elle jeta un regard sur les notes d'Hina et se rendit brusquement compte qu'elles n'avaient rien à voir avec *La Légende des Trois Îles*. Hina s'était contentée de recopier des messages sur son téléphone, d'entourer des mots et de dessiner des cœurs. Asuka sentit un coup dans sa propre poitrine.

— Et… le reste ? lui lança-t-elle.

Hina pencha la tête et regarda Asuka.

— Quoi, le reste ?

— Tu as avancé un peu ? La *Légende*.

Elle haussa les épaules avec un sourire penaud, mais où Asuka discerna également une forme de défi.

— La *Légende*, la *Légende*… ça attendra, cocotte. Je vais te dire, j'ai dû écrire une demi-page en juillet, et après ça j'ai arrêté. Attends avant de t'énerver… Je me suis dit qu'il fallait que je sorte. Que je pouvais pas rester enfermée juste avec mon cerveau et mes deux idées et demie qui tournaient en rond. Une fois, on a dû courir pour échapper aux flics parce que le feu sur la plage, c'était interdit. Ils se sont mis en caleçon pour rattraper Taichi qui avait plongé dans l'eau pour essayer de les semer… Nous on s'est cachés dans des containers à poubelles. Des *poubelles* ! Tu imagines… ? Les *flics*… ! On puait comme des cochons après ça ! Ça c'est la vraie vie : ça vaut toutes les histoires.

Jamais Hina n'aurait dit « les flics » avant. Et puis, « comme des cochons » ? Qu'est-ce qu'ils avaient pu bien faire ? Ils avaient fricoté ou quoi ? La voix d'Asuka sortit comme celle d'une gamine geignarde, elle n'arrivait pas à la contrôler :

— Mais on avait dit qu'on ferait ce manga ensemble, quand on aurait progressé chacune de notre côté ! On avait fait le serment… Hayao a effacé ça aussi ?

Hina eut les yeux soudain voilés de brume.

— Hayao, ça a duré une semaine, et puis il est reparti. C'était les vacances, quoi. Et je n'ai pas oublié. Seulement, écrire ça a fini par me prendre la tête. C'est tout. Je me suis dit... que je préférais la vraie vie. Je suis désolée, Asu-chan. Et maintenant il va falloir penser aux exams.

Asuka se serait cogné la tête contre un mur d'entendre ça, mais plus encore quand sa voix, en plus de se percher dans les aigus, se mit à trembler.

— Je me suis entraînée tout l'été, moi. Pour prendre de l'avance, justement. Pour aiguiser nos armes.

— C'est bien, Asu-chan, dit Hina.

Sa voix sonnait soudain avec une clarté de métal.

Asuka inspira lentement. Elle ne s'était jamais énervée après Hina, pas en face d'elle en tout cas (Hina, elle, ne se gênait pas quand ça lui prenait). Elle n'arrivait pas à savoir ce qu'elle voulait dire par « C'est bien ». Si elle le pensait vraiment. Hina baissa la tête et fixa ses notes. La brise de mer faisait flotter une mèche devant ses yeux. Asuka la regarda longuement. Elle avait presque envie de la dessiner. Oui, ça aurait fait un 4-cases « gé-nial ». Son rouge à lèvres de Peste, cette histoire de garçon, de « traîner », son message sur la romance à développer dans leur manga, la vérité la frappa en pleine poitrine comme une grenade qui explose : Hina avait grandi. Et même, changé. Asu-chan, elle, était encore là avec ses dessins – ses occupations de bébé. Ses délires d'enfant, ses faux espoirs. Une impasse. À l'intérieur, elle se sentit soudain glacée, comme un androïde dont la batterie est en train de mourir.

Quelque chose la poussait depuis tout à l'heure à parler des filles retrouvées vidées de leur sang. Ce que son père avait dit, réactivé par le marchand de mochis. Mais Hina était retournée sur son téléphone et recopiait d'autres messages. Elle n'avait clairement plus rien à foutre de la *Légende*. Asuka aurait pu lui demander « Toi et Hayao, vous vous écrivez encore ? » mais ça n'aurait pas été sincère. Ça ne l'intéressait pas, et pire, ça la dégoûtait. La vraie vie, qu'est-ce qu'elle s'en foutait ? Et ça voulait dire quoi ? Elle referma son carnet de dessin le plus lentement possible, sans un bruit.

Elles passèrent la fin de la matinée à faire le tour de l'îlot. L'histoire racontait que des Américains avaient bivouaqué ici pendant la Seconde Guerre mondiale, et elles cherchaient toujours des vestiges, un casque rouillé, une baïonnette. Il y a deux ans, Asuka avait gravé une inscription dans la roche :

CAREFUL GUYS
JAPS UNDERGROUND

Un signal d'avertissement de GI au sujet des bunkers souterrains creusés par les Japonais durant toute la guerre. Les îles du coin en étaient littéralement minées.

Elle avait montré ça à Hina qui s'était exclamée : « Alors c'est vrai, cette histoire d'Américains... ? », et Asuka avait adoré la faire rêver là-dessus. À l'époque. Avant. Elle n'avait même pas eu le temps de lui faire voir son nouveau roller-bambou, et en réalité, elle n'en avait plus envie. Hina ne parla plus d'Hayao, ni Asuka de dessin.

Il leur restait un avenir en commun après ça, tout de même.

Le lycée.

8. LES AUTRES RUELLES

Évidemment, Asuka avait oublié de régler son réveil et Sozuke entra dans sa chambre en criant :

— Alerte ! Alerte ! C'est la rentrée ! Tu es en retard, sœurette-chan !

Pour lui prouver, il arracha la couette d'Asuka et la lança à travers la chambre.

— Va te faire voir, marmonna-t-elle.

Puis elle se redressa d'un coup, les yeux grand ouverts.

— Hein… ? Je vais être en retard !

— C'est ce que je te dis, affirma Sozuke avec un grand sourire. Il est 8 heures. Dans une heure, tu dois être au garde-à-vous devant le drapeau !

Asuka écarquilla les yeux. Sozuke prit son sailor fuku* pendu à la chaise et le balança à sa sœur en criant :

— Go, Asu-chan, go !

Elle enfila sa jupe d'écolière, avala un peu de riz et quelques radis au sel, puis attrapa son sac à dos.

Leurs parents étaient déjà au travail et Sozuke était retourné dans sa chambre potasser sa guitare électrique. Asuka claqua la porte de l'appartement et dévala les escaliers. L'ascenseur, trop lent. En bas de la rue, le bus venait d'arriver. L'espace se dédoubla, elle accéléra à bloc. En courant elle voyait presque les trames du décor défiler devant elle tellement elle allait vite... Elle évita l'abribus au dernier moment. Le moteur grondait déjà ; Asuka entendit le grincement du levier de vitesse : elle fit signe au chauffeur, poussa un cri strident ; il rouvrit la porte. De justesse !

En sueur, elle remonta entre les sièges l'air à peu près digne, mais les autres se moquaient d'elle gentiment. Elle reconnut quelques élèves de l'an dernier, il y avait encore de la place dans le bus. Hina était là, au fond, elle leva la main avec un sourire. Asuka s'installa à côté d'elle.

— Moins une, Asu-chan !

Deux garçons juste devant étaient en train de chuchoter des trucs en jetant un œil de temps en temps entre les sièges, et soudain ils se retournèrent. Asuka les reconnut : Kozuke et Sôhei. Ils étaient tous les deux au collège l'an dernier.

— Ça te va bien, Hina-chan ! dit Sôhei.

— On dirait une vraie lycéenne, dit Kozuke.

Le premier tapota du doigt ses propres lèvres. Asuka regarda Hina et ses nouvelles lèvres rouges. Elle avait recommencé ! Ils avaient l'air sérieux, presque admiratifs. Ils n'avaient d'yeux que pour Hina, mais Asuka s'en fichait. Elle ne recherchait certainement pas ça. Elle n'était pas une Peste !

Hina sourit aux garçons avec un battement de cils.

— Merci !

Les deux gars se retournèrent, écarlates (Asuka les aurait bien vus saigner du nez, c'est comme ça qu'on dessine deux crétins sous le choc). Pas discrets. « T'as vu, elle nous a parlé ! » suffoquait Kozuke. « Erreur, haleta Sôhei. Elle m'a parlé à moi ! *Toi*, elle t'a pas calculé ! » Kozuke devint encore plus écarlate, sa bouche s'agrandit, Asuka le voyait entre les sièges : « Tu plaisantes ? C'est moi… ! Et puis Hina-*chan* ? T'es son pote, c'est ça ? Sérieux… ? »

— Ils sont bêtes, conclut Hina en pivotant vers elle.

— C'est des garçons ! lui répondit Asuka avec une grimace.

Hina gloussa. Tout autour, les élèves bavardaient, tout le monde portait un uniforme neuf. Ça sentait encore l'été, mais il y avait aussi autre chose qui flottait parmi les élèves, qui parcourait tout le bus comme une décharge électrique : le stress de la rentrée au lycée. Asuka choisit ce moment pour sortir de son sac un carnet A5 et le poser en évidence sur ses genoux en regardant Hina. Mais celle-ci était tournée vers l'allée comme si elle cherchait quelqu'un. Asuka attendit patiemment qu'elle voie le carnet. Mais Hina était ailleurs. Faute de mieux, elle regarda elle aussi les rues défiler par la fenêtre.

Des rues avec plein de maisons basses, des poteaux et des fils électriques en pagaille, de grands écriteaux indiquant des magasins de soupe, des cantines de minuit. Un quartier plutôt pauvre. Il y avait une foule grise sur les trottoirs, des gens avec des chapeaux et des parapluies. Pourtant il faisait beau. Le bus s'arrêta, embarquant d'autres élèves.

— T'as vu ? lança Hina avec un coup de coude.

Asuka grimaça. Les gars qui venaient de s'installer dans le bus avaient le genre Tokyo Revengers. Des têtes pas commodes.

— Des mauvais garçons du quartier Ikuno, ricana Hina. Il va y avoir de l'ambiance en cours. Je me demande comment ils ont fait pour passer dans la classe supérieure !

Les deux filles habitaient dans le quartier Taisho. Asuka fila à son tour un coup de coude en grognant « Tais-toi ! » parce que l'un des gars levait la tête vers elles, l'air pas content. Hina parlait toujours trop fort. Asuka feuilleta son carnet, un peu nerveuse. Le bus s'arrêta dans un nouveau quartier. Au prochain arrêt, c'était le lycée ; il n'y avait plus beaucoup de temps.

— Fais voir ! dit enfin Hina. C'est des trucs que tu voulais me montrer hier ?

Asuka lui tendit le carnet, soulagée.

— Bon, l'avertit-elle, là où on était, il y avait un village avec plein de ruelles. Tous les matins j'en dessinais une nouvelle. Pour m'entraîner avec la perspective.

Hina jetait un œil distrait sur ses croquis.

— Ah oui, il y a plein de ruelles. Un tas de ruelles.

— Hé, c'est important des fois les décors. Il n'y a pas que les trames, les fringues ou les héros dans la vie ! Chaque détail compte. Je sais faire un drapé, je sais dessiner une main, mais les paysages, ça n'a jamais été mon point fort, alors je m'entraîne...

— T'inquiète, la coupa Hina en lui serrant le poignet, tes paysages sont super bien. Et de toute façon, ce sont les assistants qui font ce boulot ! Tu ferais mieux de revenir aux personnages... Eh, t'as vu celui qui vient de monter ? On dirait vraiment Light, le perso de *Death Note* ! Oh là là, il a *tout à fait* le profil d'un chūnibyō* !

Asuka distingua juste un profil qui venait de s'asseoir. Un garçon genre ténébreux, impassible, le type de gars sur qui elle se demandait encore comment on pouvait craquer. Ça fit monter sa colère. *Purée, Hina*, jura-t-elle en silence, *tu pourrais pas te concentrer deux secondes sur ce que je te montre ? C'est trop demander... ? Juste deux secondes... !* Elle tourna quelques pages supplémentaires puis referma le carnet en soupirant.

— Hé... J'ai pas d'assistant, Hina-chan. Et puis je te montrerai la suite plus tard.

— J'ai hâte de voir les autres ruelles, rigola Hina.

9. PARTIE DU CLUB

Les élèves chantèrent le Kimi ga yo[1] devant le drapeau, tous en uniforme avec les nouveaux professeurs. Ces derniers, en costume sombre et cravatés, se rangèrent devant les élèves et les regardèrent gravement lorsque les premières notes des cuivres retentirent. Ils étaient bien mille. Dans la cour, ça résonna jusqu'au ciel bleu. Dès la descente du bus, Hina avait pris soin d'essuyer son rouge à lèvres avec un mouchoir (mais il y avait encore une ombre de rose), puis elle s'était dirigée vers d'autres élèves que ni elle ni Asuka ne connaissaient d'avant. Asuka n'en croyait pas ses yeux. Elle et Hina avaient toujours été les timides, et en deux mois Hina avait *tellement* pris confiance. Elle fit juste un signe à Asuka quand ils se mirent tous en rangs, puis se détourna pour écouter deux autres filles. *Elles parlent de garçons*, se dit Asuka. Après tout, elle n'en savait rien.

1. Hymne national japonais.

En chantant, elle sentit un truc lui brûler au fond de la gorge. C'était quoi ? Une nausée de stress ? De jalousie ? Il était clair qu'Hina n'avait pas besoin d'elle. Elle eut brusquement envie d'arracher son uniforme, de partir, de se rouler en boule dans sa couette. Elle identifia soudain ce qui montait : la peur. La peur qui s'immisçait pendant l'hymne. Elle n'était pas la seule. La peur s'entendait à certaines notes suraiguës, presque fausses, chantées par d'autres filles qui serraient les genoux comme pour ne pas s'écrouler. Asuka dévisagea les professeurs un par un. À quoi ça servait de toute façon le lycée ? À devenir office lady* ? Vendeuse chez Toyota ? Présentatrice d'une émission où des hommes à poil essaient de grimper un escalier de glace et tombent comme des quilles sous les rires des spectateurs ? À étudier des trucs dont elle n'aurait plus rien à faire une fois devenue femme au foyer comme 45 % des étudiantes ? Il n'y aurait plus qu'à trouver un mari, faire un mariage à 10 millions de yens et des enfants. Derrière elle il y eut un bruit métallique : ils avaient refermé le portail. Elle ne pouvait plus sortir. Une marée de visages se tourna vers la porte, puis concentra son attention sur la tribune vide. Quelqu'un s'avançait. Les voix se turent. Alors le directeur du lycée monta sur la tribune pour empoigner le micro. Il y eut un grésillement quand il en redressa la tige. Puis sa voix traversa les rangs d'élèves comme une onde :

— Bonjour à tous, bienvenue à la Shimizudani High School. Quelles que soient les difficultés que vous rencontrerez au cours de vos trois années d'apprentissage, gardez en tête que le savoir vous sera profitable, et que votre personne sera à son tour profitable à toute la société. Vous devrez être forts mentalement et physiquement. Être humain, c'est être confronté à l'adversité. Quand vous serez confrontés à l'adversité, soyez sans crainte, respirez, procédez avec discipline, et vous vaincrez. Et dans la victoire, vous grandirez en tant qu'individu. Être en dehors de la société, c'est perdre son humanité. C'est devenir un monstre.

Asuka entendit quelques « pff ! » et des ricanements derrière elle, venus du groupe où se trouvait Hina. Il y avait des élèves de Première, ils avaient déjà dû entendre ça. Dans la file d'hommes et de femmes en costume sombre, elle vit une professeure froncer les sourcils. Mais la plupart des élèves, comme elle, écoutaient en silence. Asuka envisageait deux façons d'encaisser ce discours. Soit il s'agissait du blabla habituel, alors il n'y avait qu'à attendre que ça finisse. Soit ces mots signifiaient vraiment quelque chose, et on pouvait les transformer en règle de vie. C'était une question de choix.

Le sentiment de malaise persistait chez Asuka, mais aussi surprenant que ça puisse paraître, elle sentit que ce discours lui avait redonné un peu de force. Les professeurs appelèrent leurs classes, et tous partirent en direction de leur salle respective.

Hina et Asuka étaient dans le même groupe. Les élèves entrèrent dans le calme, se dirigeant vers les tables individuelles comme s'ils avaient toujours su où se placer, sans se battre. Hina choisit une place au fond de la salle ; Asuka réussit à trouver un coin sur le côté, près de la fenêtre. Pour rêvasser et dessiner, on ne sait jamais, c'est quand même le meilleur endroit. Mais le professeur les sécha d'entrée de jeu :

— Les grasses matinées, c'est fini, jeunes gens. Jusqu'ici, ça n'était que l'entraînement. Maintenant ce n'est plus de la blague. Vous êtes au lycée pour préparer l'examen central. Au lycée Shimizudani, je préfère vous prévenir : on vise Todai ou rien.

Todai à Tokyo : la meilleure université du Japon. Asuka jeta un coup d'œil en direction d'Hina. Elle avait légèrement pâli et semblait concentrée sur ce que disait le prof, un homme d'une trentaine d'années, un convaincu. Il s'exprimait avec l'accent hyôjungo de la capitale, le genre de personne pour qui c'était « réussir ou la mort ». Les parents d'Hina avaient déjà prévu de lui payer les meilleurs cours du soir. Asuka aussi avait la pression, comme tout le monde dans cette classe, et d'ailleurs comme tous les élèves de toutes les classes du pays, mais ça n'avait rien à voir avec Hina. Ses parents lui parlaient déjà de Todai au-dessus de son berceau, elle le savait. La voix du professeur émergea du flux de ses pensées.

— On va parler un peu d'organisation. Vous aurez cours du lundi au samedi matin. Officiellement, vous commencez à 8 h 30 et vous finissez à 15 h 30. Parfois je vous demanderai de venir une heure plus tôt, et il se peut qu'on finisse une heure plus tard.

Un frisson passa dans la classe. Tout le monde comprenait que « parfois » ou « il se peut » voulaient dire « très souvent » et « en général ».

— Vous aurez donc tout le temps à disposition pour vos cours du soir. Les professeurs vous demanderont un QCM par matière chaque semaine. On ne peut pas se permettre de prendre de retard, donc nous allons commencer tout de suite. M. Iribachi, votre professeur de mathématiques, m'a demandé de vous distribuer un petit examen d'entraînement.

— Entraînement, murmura un garçon à lunettes à droite d'Asuka, tu parles. Je parie que c'est pour nous classer par niveaux.

— Erreur, cingla la voix hautaine de Matsuda. Ici on ne vous classe pas. Soit vous réussissez, soit vous partez.

La classe se tut et contempla le petit examen qui faisait dix pages. Asuka parcourut la première ; sur les douze questions, trois lui parurent abordables, les autres incompréhensibles.

— Nous préconisons également trois heures de travail personnel le soir en début d'année. En décembre, vous devrez avoir atteint votre rythme de croisière, c'est-à-dire cinq à six heures. Autant dire que vous allez devoir réévaluer vos priorités. Vous aurez moins de loisirs, jeunes gens, mais vous en sortirez plus forts sur le plan mental, plus résistants et plus intelligents.

À présent, je vais vous demander d'ouvrir votre manuel page 8, et de lire le texte sur la division du travail…

En une heure – si elle avait encore des doutes à ce sujet –, Asuka venait probablement de perdre sa scénariste et le prof venait de tirer un trait sur ses heures de dessin. Elle se plongea dans le texte page 8. *Quelle ironie !* pensa-t-elle. *Diviser le travail permet de réduire le temps de production. Or, si je n'ai plus de scénariste, je vais devoir désormais me charger du texte. Et je suis nulle pour ça. J'ai jamais essayé, en fait.* Elle jeta un coup d'œil vers son sac : son carnet des vacances dépassait de l'ouverture ainsi que le roller enfoncé dans le bambou gravé. Elle n'avait qu'à tendre la main pour les prendre.

Et les jeter par la fenêtre.

Autant ne pas nourrir de regrets avec des illusions.

Au moment où elle se penchait pour les attraper, la porte de la classe s'ouvrit. Le directeur entra, tout le monde se leva. « Désolé d'interrompre le cours, monsieur Matsuda. Nous avons là un retardataire. »

Le directeur agrippa l'élève par l'épaule pour le faire rentrer en classe. L'élève en question passa dans le cadre ; Asuka leva les sourcils en reconnaissant le type qui ressemblait au personnage de *Death Note*, repéré par Hina dans le bus. Le *ténébreux*. En passant la porte, il eut un léger mouvement de l'épaule comme pour remettre sa veste d'uniforme, mais Asuka devina que c'était surtout pour se dégager de la main du directeur. Il y eut un murmure dans la classe. Le nouveau toisa le prof, M. Matsuda, puis parcourut les élèves du regard.

— Ton nom, jeune homme ? fit Matsuda, sévère.

— Nakano Cloud, répondit le garçon avec assurance.

Drôle de prénom ça, Cloud, se dit Asuka. « Nuage » en anglais. Nuage plein d'ombre, vu ses yeux. De grands yeux. Une bouche fine comme un trait qui commençait un sourire gêné.

Asuka vit une fille installée à côté d'Hina le suivre religieusement du regard quand il gagna sa place. Il posa son sac sur la table, provoquant un froncement de sourcils chez Matsuda et le directeur, et il prit son temps pour sortir ses affaires de cours. Puis il s'adossa sur sa chaise comme sur un fauteuil et fit tourner son stylo entre ses doigts. Asuka se dit qu'il avait l'air du genre à en avoir vu d'autres. Elle l'envia pendant quelques secondes.

— Texte page 8, claqua la voix de Matsuda.

Cloud Nakano soupira par les narines et feuilleta son manuel. La fille à côté d'Hina semblait fascinée par tout ce manège.

Une fois le nez de retour dans son cahier, Asuka sentit qu'on la regardait. Elle tourna la tête. C'était le nouveau. Il détourna aussitôt le regard et examina un autre visage, un autre élève.

Asuka se mordit l'intérieur de la joue et s'amusa à dessiner un nuage noir au-dessus de ses réponses au sujet de la division du travail.

Quand ils eurent terminé, le professeur Matsuda se racla la gorge comme pour faire une annonce.

— Il reste une dernière chose à décider. J'ai besoin d'élèves pour participer aux clubs.

Il y eut un moment d'ébullition dans la classe. Le professeur croisa les bras et se mit à les observer, impassible. Asuka sentit son cœur se mettre à battre à toute vitesse. Comment avait-elle pu oublier ça... ? Elle était au lycée et allait participer au club de dessin ! Elle sut alors que tout ne serait pas gris dans cette journée, qu'elle était entrée au lycée pour ça. Pouvoir publier ses 4-cases dans le journal du lycée. Celui de Shimizudani était connu pour sa grande qualité, certaines maisons d'édition de la ville (disait une légende urbaine) s'en procuraient des exemplaires et repéraient de futurs talents. Finalement, peut-être allait-elle avoir du temps pour...

— Je dois vous préciser que le nombre de places est limité cette année, dit le professeur d'une voix douce qui fit taire aussitôt les autres. Nos clubs, en raison de leur qualité, sont surchargés, et nous ne pouvons nous permettre de laisser y entrer un nombre inconsidéré de membres. Vous le comprendrez aisément. Je vais énoncer les clubs disponibles, vous lèverez la main et je vous inscrirai. Club de kendo.

Un instant de surprise flotta, puis cinq mains se levèrent à toute vitesse. Le prof grimaça.

— Deux places seulement. Vous deux.

Il désigna les deux garçons qui avaient levé le bras le plus rapidement. Ils se levèrent d'un coup sec et s'inclinèrent :

— Izuhara Kojiro !

— Shimizu Kin !

Le prof nota leurs noms. La tension avait soudain augmenté de deux bons crans dans la salle. Ça flottait, presque palpable. Alors c'était ça : il fallait être le plus rapide. Asuka se tendit comme une corde d'arc. Club d'aïkido, d'origami, de journalisme, d'athlétisme, elle les entendit tous passer. À chaque intitulé, elle sentait les muscles de ses mollets brûler, prêts à se détendre. Et quand Matsuda annonça :

— Club de manga !

Asuka se leva aussitôt, droite, et si brutalement que sa chaise cogna contre la table derrière elle.

— Ueda Asuka ! énonça-t-elle d'une voix forte.

Puis elle remarqua les autres.

Certains d'entre eux avaient levé la main, encore assis sur leur chaise. Tous la regardaient, effarés. Hina, la main dressée, avait l'air de lui dire : « Mais qu'est-ce que tu fous ? » Les lunettes du prof paraissaient avoir glissé sur le bout de son nez, et son regard les surmontait, perçant Asuka comme une série de fléchettes. Elle fit son possible pour ne pas rougir ; ses mains se crispèrent sur le rebord de la table. Le silence qui régnait dans la classe était pesant ; ses oreilles se mirent à bourdonner. Elle eut brusquement envie de se rasseoir et de disparaître.

À ce qu'il semblait, elle avait piétiné un certain nombre de règles.

— Je suis désolée, murmura-t-elle.

Elle fit mine de s'asseoir, mais le prof se contenta de secouer légèrement la tête. Asuka demeura donc debout devant tout le monde. Elle voulut lever la main, il secoua encore la tête. Puis il se tourna vers les autres élèves.

— Quatre places pour le club de manga, dit-il. Toi, toi…

Jun et Kimiko. Le regard du prof traîna sur Asuka, se détourna et se dirigea au fond de la classe. Il pointa le doigt : « Et vous deux. »

Elle n'avait pas besoin de tourner la tête pour savoir qu'il avait choisi Hina et sa voisine.

— Asseyez-vous, lui lança-t-il enfin.

Elle s'assit. Elle aurait bien voulu éviter ça, mais elle ne parvint pas à retenir les larmes qui gonflaient ses yeux depuis une minute et qui tracèrent deux sillons nets sur ses joues. Elle tâcha de les essuyer discrètement. En tournant la tête sur la droite, elle vit le nouveau, Cloud. Lui avait été sélectionné dans le club de jeux de rôle. Il la regardait avec sa bouche en trait droit, mais elle pouvait lire quelque chose dans ses yeux.

De la compassion. Qu'il était désolé pour elle. Quelque chose comme ça.

Asuka essaya de sourire. En réalité elle avait envie de mourir, mais les humains fonctionnent en miroir, alors… Cloud l'étudiait toujours, et elle vit le trait droit de sa bouche remonter légèrement vers le coin de ses lèvres.

— Regardez devant, Nakano !

La voix de Matsuda venait de claquer comme un fouet. Nakano prit tout son temps pour redresser la tête et regarder en direction du tableau. Mais dès que Matsuda eut le dos tourné, il détailla encore Asuka.

10. LE MOUCHARD

Après le bus, Hina et Asuka avaient trois cents mètres à parcourir ensemble. Elles firent la moitié sans parler, mais pour finir, Hina ne put pas s'en empêcher :

— Tu as merdé, Asuka.

— Je sais, dit Asuka mécaniquement.

— Tu voulais du temps pour dessiner, il y avait cette occasion en or et tu as tout gâché.

Asuka s'arrêta au milieu du trottoir et dévisagea Hina.

— Pourquoi tu me dis ça ?

— Parce que c'est la vérité. Et des fois, c'est bien d'entendre la vérité pour repartir de zéro. Les amis sont là pour ça, non ?

— Les amis feraient mieux de consoler quand ça va pas, dit Asuka d'une voix faible.

— C'est pas ce qui te tirera vers le haut. J'espère que tu auras appris quelque chose aujourd'hui.

Asuka attrapa son amie par le bras.

— Est-ce que tu pourrais me donner ta place ? dit-elle brusquement. S'il te plaît…

Hina eut l'air interdite et se dégagea d'un mouvement sec.

— Ma place ?

— Oui. On pourrait échanger la carte de club ? En faire une copie ? Mettre ma photo avec ton nom ? Je suis sûre qu'on peut se débrouiller.

— Ils vérifient, dit Hina d'un ton lointain. Ils scannent les cartes. Et puis j'ai besoin de ce club. C'est le seul créneau sur lequel je serai pas obligée de travailler, ou surveillée pour le faire. C'est une question de survie pour moi. Tu *sais* comment ça fonctionne à la maison. Est-ce que tu comprends ça… ?

Asuka ne trouva pas la force de dire oui. Hina pinça les lèvres.

— D'ailleurs on devrait se remettre en route. Je soupçonne ma mère d'avoir cousu un mouchard dans mon sac.

— Un mouchard ?

— Allez, on bouge. Mais oui, un mouchard. Te sens pas obligée de tout répéter avec ton air de débarquer, Asu-chan, par pitié… Une puce pour vérifier mes déplacements. Où je vais, combien de temps je mets pour rentrer. Un mouchard, quoi.

— C'est horrible…

Hina soupira.

— Ouais. Horrible aussi que tu aies loupé ton tour pour le club de dessin. Je suis vraiment désolée pour toi. Il va falloir que tu attendes un an, maintenant. Comment tu vas faire ?

Elle serra le poignet d'Asuka, une brève pression.

— Je sais pas.

Et Asuka se tut. Un mot de plus, elle aurait éclaté en pleurs.

Elles marchèrent encore un moment. Au croisement de la Taisho Junior High School, leur ancien collège, Hina fit un signe à son amie et elles se séparèrent – une rue avant d'habitude.

Quand Asuka rentra dans l'appartement, Sozuke découpait des filets de poisson dans la cuisine pour le repas du soir. Il reprenait la fac dans une semaine, il était détendu.

— Alors ? lança-t-il.

— Alors ça a été.

Il se tourna vers sa sœur, le couteau à la main.

— Tu t'es inscrite au club de dessin, j'imagine ?

— Non.

Ça ne servait à rien de mentir avec Sozuke. Elle crut qu'il allait faire tomber son couteau, il le rattrapa à la dernière seconde.

— D'accord, dit-il simplement.

Elle se servit du thé et but une gorgée. C'était tiède, presque froid. Puis elle posa sa tasse.

— J'ai des devoirs. Je ferais mieux de m'y mettre.

— Bon, dit Sozuke d'une voix enrouée. Alors ça a commencé.

*

Le lendemain, le seul moyen qu'elle trouva pour faire comme si elle participait à la vie du lycée fut de s'inscrire sur la fiche de nettoyage de la classe. À trois heures de l'après-midi, les autres quittèrent la salle et Asuka se retrouva seule avec son balai. *Après tout*, se dit-elle en époussetant le sol, *c'est comme une sorte de pinceau géant...* Cette idée lui arracha un sourire, et pendant quelques minutes, dessinant dans la poussière avec le balai, elle oublia les autres qui devaient prendre leurs marques au sein de leurs nouveaux clubs, juste à l'étage du dessous. Peut-être que ce club de manga n'était pas si bien. Peut-être que les membres du club étaient infects. Peut-être qu'ils mèneraient la vie dure à Hina, qui voulait juste être dans un club pour éviter de devenir folle à cause du stress, et pas du tout pour écrire des histoires. Peut-être que le destin avait décidé de passer Asuka Ueda à la poêle pendant un an et qu'elle ne rejoindrait ce fichu club qu'après avoir franchi un tas d'épreuves, comme porter des seaux bourrés de cailloux en haut de la montagne, tuer un démon à pattes d'araignée et à tête de Matsuda, balayer mille fois la classe.

— Besoin d'aide ?

Elle sursauta et fit tomber le balai sur lequel elle s'était appuyée pour rêvasser. C'était le nouveau. Le garçon au léger accent du Tohoku, le garçon au nuage. Cloud.

— Non merci, lui dit-elle. En fait, je ne crois pas que qui que ce soit puisse m'aider.

— C'est un peu grandiloquent, tu ne trouves pas ? rétorqua-t-il avec un petit sourire. Ou tragique ?

Asuka fronça les sourcils.

— Tu n'es pas supposé être au club de jeux de rôle ?

— Tiens, tu as retenu ça.

— J'ai plutôt bonne mémoire, dit-elle en baissant les yeux et retournant à son balai.

— Et toi, dit-il après un silence, tu n'es pas supposée être au club de dessin ?

— Ce n'est pas ton affaire.

— C'est vrai, dit-il. Mais tu vois, tu fais encore ton actrice tragique.

Elle releva la tête, sourcils toujours froncés.

— Je ne voulais pas te blesser, dit-il aussitôt en levant les mains. Je suis désolé. J'en dis toujours trop !

— C'est rien, soupira Asuka. J'imagine que ça fait partie des épreuves...

Il eut l'air désarçonné.

— Quelles épreuves ?

— Celles auxquelles je dois me soumettre pendant un an avant d'intégrer le club, bien sûr.

— Bien sûr ! dit-il en gloussant.

Asuka eut soudain envie de rire et de se détendre elle aussi, mais elle choisit l'autre chemin :

— Tu me ralentis dans mon travail. Je dois finir de nettoyer cette classe.

Cependant, juste avant qu'elle ne reprenne son mouvement de balai, la main de Cloud attrapa le manche. Elle le regarda, haussant les sourcils.

— Tu fais beaucoup de... trucs... avec tes sourcils, dis donc. Tu dessines quoi ? reprit-il.

Asuka soupira, relâcha la pression sur le balai. Qu'est-ce que ça coûtait après tout de papoter trente secondes avant de reprendre la corvée ?

— Avec les sourcils, on peut faire varier l'expression d'un visage entre vingt et trente fois. Un shōnen, si tu veux tout savoir.

— Et ça fait longtemps ?

— Trois ans.

— Oh, alors tu dois avoir bien avancé !

Asuka soupira de nouveau.

— J'ai surtout pris du retard dans le balayage à cause de toi.

— Désolé, grimaça-t-il. Je t'ai encore posé trop de questions. Attends !

Il lui prit le balai des mains, et avant qu'elle ait le temps de protester, il se mit à donner de grands coups dans les tas de poussière qu'elle avait déjà rassemblés. Le résultat fut un nuage moutonneux qui virevolta jusqu'au plafond, explosant dans les rayons du soleil. Cloud Nakano avait l'air si concentré sur ce massacre qu'Asuka éclata de rire malgré elle.

— Et voilà ! s'exclama-t-il avec un fin sourire.

— Voilà quoi ? répliqua-t-elle. Tu as fait n'importe quoi !

— Oui. Mais au moins, tu ne fais plus tes trucs avec les sourcils. Ça, ce n'est pas n'importe quoi !

Elle resta les bras ballants pendant qu'il se remettait à balayer, sérieusement cette fois.

— Merci, lui dit-elle quand il eut fini. Et maintenant…

Cloud sortit son téléphone de la poche, le consulta. Asuka vit les chiffres 3:32 apparaître.

— Maintenant je dois retourner au club. On était en train de monter un donjon, « Exploration d'un souterrain débouchant sur un puits-qui-est-en-fait-un-portail » et ce genre de trucs… Ils vont se demander ce que je trafique !

Il lui fit un petit signe maladroit et Asuka demeura seule dans la classe. Appuyée sur le balai-pinceau, elle rêvassa à nouveau dans les rayons du soleil de milieu d'après-midi, envahie par moins d'amertume qu'une heure auparavant.

Elle se retrouva à l'appartement plus tôt puisque le club « balai-brosse » ne lui prenait qu'une heure, et pour la première fois depuis trois ans elle fit le chemin sans Hina. Elle lui avait tout de même envoyé un message pour la prévenir qu'elle rentrait, et Hina répondit simplement *OK*, sans ponctuation, comme un message automatique de montre intelligente. Super intelligent, comme message. Asuka haussa les épaules et poussa la porte de l'appartement.

— T'es déjà là ? lui lança Sozuke.

Il était dans l'entrée en train de mettre ses baskets.

— Bah oui. J'ai pas club. Tu étais dans un club à l'époque, toi ?

Il attrapa le flight case de sa guitare. Il rejoignait ses potes pour répéter.

— De musique. Mais je me suis fait virer. Je ne voulais pas jouer leur pop de merde. Au fait…

Il montra la cuisine derrière lui d'un coup de pouce.

— Papa est repassé par ici. Il a laissé une enveloppe pour toi.

— Ah oui ? C'est quoi ? Une lettre ? Des papiers d'inscription pour des cours du soir ?

— J'en sais rien. Il est reparti aussitôt. En bon salaryman*.

En tant que cadres de l'Hôpital Central, leurs parents ne rentraient pas souvent avant dix heures du soir. Sozuke disait que lui et Asuka étaient « des enfants-avec-la-clef » puisqu'ils devaient rentrer de l'école par leurs propres moyens et se débrouiller seuls le plus souvent. Asuka déduisit que si son père avait pris le temps de lui déposer une lettre, ça devait être important.

— C'est sur la table, dit Sozuke. J'ai failli l'ouvrir, mais on ne sait jamais trop ce que contiennent les enveloppes…

si c'est une bonne ou une mauvaise nouvelle… Alors vaut mieux que ce soit toi…

Asuka se déchaussa ; Sozu l'accompagna jusqu'à la cuisine. C'était une grande enveloppe de kraft. Il y avait juste son nom dessus.

— Si l'enveloppe est pour moi, c'est pas tes oignons, grogna-t-elle.

— Si tu veux, on peut encore parler de cette enveloppe pendant trois heures. Ou alors, tu l'ouvres tout de suite… Tu attends quoi ?

Il laissa sa main flotter au-dessus de l'enveloppe. Asuka fut plus rapide que lui et s'en empara ; puis tout en lui lançant un regard de défi, elle l'ouvrit d'un coup d'ongle.

11. LE RENJIRÔ

拝啓

« Merci !
Nous accusons réception de votre candidature et vous souhaitons bon courage. »

敬具

Elle releva les yeux, sans comprendre.

— Eh ben quoi ? dit Sozuke.

— Regarde ça. Ils parlent de candidature. Je n'ai jamais rien envoyé !

— Bon, et pourquoi tu ne lirais pas la suite ?

Asuka dut lire la lettre deux fois avant de saisir. Au fur et à mesure qu'elle réalisait ce que tout ça signifiait, ses doigts se crispaient sur le papier. Elle redressa la tête et scruta Sozuke, l'œil fiévreux :

— Ils disent que je suis inscrite au Renjirô.

Son frère écarquilla les yeux.

— Le concours de dessin ? Le concours du *Shōnen Jump* ?

— Oui.

Sozuke posa prudemment son flight case au sol et tira une chaise pour s'asseoir. Asuka l'imita.

— Tu veux un thé ? lui dit-il doucement.

— Je veux bien.

Il servit le thé en silence. Pendant ce temps, Asuka relisait le papier.

— C'est le concours dont tout le monde rêve, finit-elle par dire.

— En tout cas, tous ceux qui rêvent de se lancer dans les mangas. C'est *sans doute* pour ça que Papa t'a inscrite.

— Tu étais au courant ?

Sozuke prit le temps de respirer avant de répondre à sa sœur.

— En fait, il m'a demandé hier soir si ta journée s'était bien passée. Comme tu n'as rien dit, je crois qu'il s'inquiétait.

— C'est pas son genre de s'inquiéter pour nous.

— C'est vrai qu'il est vieille école, « Tenir et Résister quand tout se casse la gueule » et tout ça. Tu sais bien qu'il déteste les signes de faiblesse. Mais il voulait quand même savoir. Ça veut dire…

Il se tut. Ça voulait dire qu'il s'inquiétait quand même, compléta Asuka en silence. Mais ça n'était pas suffisant. Elle sentit monter une vague de colère.

— Il aurait peut-être dû me demander lui-même au lieu d'attendre que je dise quelque chose, s'emporta-t-elle. Et puis, qui parle de faiblesse ? Moi, ça va bien. Je vais me débrouiller. Le Renjirô... ? Qui voudrait se lancer dans le Renjirô à 14 ans ? Il faut être cinglé pour ça. Il veut quoi ? Que je sèche les cours pour trouver le temps de dessiner un truc qui ne sera même pas sélectionné ? Il me faudrait deux vies, une pour les devoirs, une pour le concours. Tu te rends pas compte ? C'est toi qui lui as dit que j'avais foiré l'inscription au club ?

— Oui. Je n'allais pas lui mentir. Mais je ne lui ai rien dit de plus. « Asuka ne s'est pas inscrite au club. » C'est tout. Il a juste hoché la tête et est retourné à ses mails.

— Le Renjirô. Le *Renjirô*, Sozuke. C'est destiné aux futurs mangakas. Aux vrais. Pas aux collégiens. Il aurait dû m'en parler avant !

Sozuke but une gorgée et reposa sa tasse avec un sourire sardonique.

— Bien sûr qu'il aurait dû t'en parler avant, petite sœur-chan ! Pour que tu lui répondes quoi ? La même chose que lorsqu'on t'a inscrite au concours des Chiisana Saino il y a quatre ans, un concours de quartier ? « Naaan, je suis pas assez douéééé ! Je dois prendre confiaaance ! Gagner en technique ! Il faut attendre encore un peu ! Regarde, là, j'ai fait une rayure en trop à mon chaaat... » On a insisté, on t'a même emmenée à la mairie... Et Maman qui brandissait tes meilleurs dessins sous le nez du type des inscriptions ébahi… « Je vous en supplie, vous ne pourriez pas essayer de convaincre ma fille… ? Elle n'a que 11 ans ! Voyez ce qu'elle est capable de dessiner ! Dites-lui ! »

Il la regardait très sérieusement et pointa son doigt sur elle.

— Moi, pour une fois, je suis d'accord avec le *padre*. Et tu n'es plus une collégienne. C'est fini, ça. Dans la vie, il faut se forcer un peu, sinon tu n'arrives à rien. Si tu te contentes de rêver de loin, ça te donnera quoi ?

— Des rêves, crétin. Avoir des rêves, c'est déjà bien !

— Des rêves, opina Sozuke. Et qui deviendront dans quelques années des rêves-jamais-accomplis.

Tous deux burent un peu de thé en silence. C'était un thé vert, légèrement fruité. Sozuke avait attrapé son téléphone et scrollait rapidement sur son écran.

— Le *Shōnen Jump*, poursuivit-il, c'est le Graal. Le magazine le plus vendu chaque semaine. Lundi dernier, 1,8 million. T'imagines si tu gagnes ? Tout le monde rêve de publier là-dedans. Si tu remportes le concours, ils te filent un tas de yens… Un million[1] pour le premier prix, 500 000 pour le deuxième. Faut dessiner en monochrome. Tu sais faire ça, que du noir et blanc… ?

— J'imagine rien du tout et je gagnerai rien du tout, grommela Asuka. C'est stupide. Je n'ai pas le talent pour participer. Je sais juste dessiner. Je suis pas terrible en

---

1. 1 million de yens : environ 6 500 euros.

décors. Encrer, j'ai des progrès à faire... J'ai pas le niveau pour le Renjirô. Et j'ai plus de scénariste. Et je sais pas écrire une histoire. Je sais pas !

Sozu arracha la lettre des mains d'Asuka et l'agita sous son nez.

– « J'ai pas, j'ai pas, j'ai pas ». T'es pas croyable... Tu vois que Papa a bien fait de ne pas te demander ton avis. Tu vas faire quoi ? Pleurer devant ce morceau de papier qui dit que t'es inscrite ? Tu *es* inscrite, Asuka. C'est trop tard, cette fois. Il va falloir le faire. Tu sais pas ? Ben apprends !

Il se leva brusquement et jeta le papier sur la table, dans sa direction. Elle l'attrapa avant qu'il ne glisse au sol. Sozuke se retourna avant de passer la porte de l'appartement :

– C'est la croisée des chemins, Asuka. C'est là que tu dois choisir. Après ce sera trop tard.

Puis il rabattit la cloison dans un claquement.

Dehors, la nuit commençait à tomber. Asuka s'affala sur sa chaise. Combien de temps avaient-ils parlé ? Cinq minutes ? Elle chiffonnait l'enveloppe entre ses mains. Avant d'ouvrir ce truc, déjà, ça n'allait pas fort. Décidément, sa vie menaçait de prendre des tournants inattendus, et on ne pouvait pas dire qu'elle adorait le changement. Comme les libellules, ce qu'elle préférait c'était de flotter dans un air calme et une jolie lumière, se poser sur un brin d'herbe ou contempler la rivière en train de passer. Elle avait peur des surprises de la vie, elle n'aimait pas du tout les orages. Pluie, nuages sombres, l'herbe rincée, déchirée, la rivière transformée en torrent mortel. Maintenant elle avait envie de pleurer, le cœur qui battait trop vite, les muscles tendus. Il fallait qu'elle sorte pour respirer.

12. IRA

Asuka s'engouffra à son tour dans le couloir qui menait aux chambres. Lorsqu'elle passa devant la porte de Sozuke, elle jeta à la cloison un regard de défi. De l'autre côté provenaient déjà les premières notes de guitare. Il essayait de faire décoller Silent Inn, son groupe, depuis trois ans. Il n'y avait pas de concours pour ça, il fallait qu'ils se débrouillent seuls… Une fois dans sa chambre, elle lança son sac sur le lit, ôta son sailor et attrapa un hoodie qui traînait sur la chaise. Elle le zippa jusqu'en haut. En tournant la tête, elle capta son reflet dans un éclat de miroir : cheveux noirs, bien lissés. Peau pâle. Yeux en amande ; l'air sage, un peu perdu. Plus bas, pas beaucoup de seins. Vraiment moins qu'Hina.

Rien d'original. Rien qui la démarquait des filles de son âge. *Et tu veux devenir quelqu'un*, disait son reflet ; *mais tu es comme les autres. Dommage, hein ?*

Elle couvrit sa tête de la capuche.

Asuka sortit de l'appartement et prit l'ascenseur. Elle savait précisément où aller. Elle appuya sur la flèche du haut, la porte se referma et elle se cala dans un coin de la cabine, les mains dans les poches. Le grondement régulier du moteur avait quelque chose de rassurant.

À aucun moment l'ascenseur ne s'arrêta avant d'avoir atteint le dernier étage.

La porte s'ouvrit en coulissant.

Elle se trouvait à présent dans le local de maintenance, un endroit où personne n'allait, car personne n'avait quoi que ce soit à y faire.

Allumant la lampe de son téléphone, elle se fraya un chemin à travers un empilement de pots de fleurs, des rouleaux de toile goudronnée, des chaises en plastique, des modules de clim hors d'usage. Ça sentait l'humidité et la rouille. Enfin, elle découvrit la porte métallique et sortit sur le toit de l'immeuble.

Tout de suite le froid la saisit. Elle regretta de ne pas avoir pris quelque chose de plus chaud. Le vent qui soufflait était celui de la mer, salé, et qui l'entoura comme une couverture. Mais pas une couverture chaude, non ; une vieille couverture trouée, glaciale. Elle aurait pu se contenter de faire comme les vrais lycéens, se coller à son devoir de maths et passer la soirée dessus. Au lieu de ça elle allait attraper la crève.

Le toit était désert. Elle était au 11e étage. Devant elle, dans le soleil presque mort, elle pouvait voir les rues dévalant jusqu'au port, les antennes de béton qui servaient de digues, la mer terne, quasi noire dans la nuit tombée. Les lumières jaunes et rouges, accrochées en haut des lampadaires ou des grues, essayaient bien de donner un peu de chaleur à tout le tableau, et Asuka se dit qu'elle avait envie de les dessiner. Mais en monochrome, le résultat aurait été d'une tristesse…

Elle prit son téléphone et écrivit un message à Hina :

Mon père m'a inscrite au Renjirô,
le concours de dessin.
Qu'est-ce que je dois faire ?

Bien sûr, au moment où elle appuya sur *Envoyer*, elle se mit à le regretter.

Le vent apportait la rumeur du port, un mélange de brèves sirènes, de craquements métalliques. Et tout en bas on devinait la foule qui commençait à sortir pour coloniser les petits restaurants du quartier, un flux de promeneurs qui allait jusqu'aux quais, le long des boutiques pour touristes. À l'extrémité du quai attendait la grande roue. Des oiseaux de mer croassèrent au-dessus d'Asuka, invisibles.

Qu'est-ce qu'elle allait faire de sa vie ? À quoi ça sert de vivre si on est programmé depuis qu'on est tout petit pour le travail ? Si c'est pour mourir d'un cancer un an après la retraite ?

Son téléphone vibra. Son cœur se mit à battre plus vite. Hina… ? Votre appareil n'a presque plus de batterie.

Hina n'avait pas répondu. D'ailleurs, elle n'avait pas lu son message.

Asuka se rappela toutes ces histoires où on voyait des gens grimper en haut des montagnes ou d'un gratte-ciel, frappés par les éclairs, défiant les éléments – buvant la colère divine. Ce soir, l'air était froid et calme, et s'il y avait un dieu quelque part au-dessus d'elle, il se tenait tranquille. *Tu devrais peut-être redescendre, maintenant*, se dit-elle. *Tu n'es même pas capable de relier tes propres idées entre elles. Pas capable de tirer une conclusion correcte. Alors comment tu voudrais écrire une histoire qui tienne la route ? Va faire ce devoir de maths et deviens employée dans une banque. Ça vaudra mieux. Une vie dans les clous, on se pose moins de questions. Moins d'angoisse. Moins de cancers, aussi. Tu ne crois pas ?*

Au loin, tout au fond de la baie d'Osaka, elle vit un éclair, un seul, descendu comme un trait entre ciel et mer. *C'est tombé sur Seshima, c'est sûr*, pensa-t-elle. Elle serra le poing et souffla par le nez, muette de rage à force d'essayer de réfléchir. Elle fixa l'horizon silencieusement déchiré par la foudre. Maintenant tout était calme, mais quand elle tourna les talons, elle sut qu'elle aussi avait bu la colère divine.

Elle savait ce qu'il lui restait à faire.

13. LES ARMES

Quand elle revint dans l'appartement, Sozuke était parti. Suivant la préconisation parentale, il avait laissé la télévision en fond, pour faire comme s'il y avait du monde à la maison. En passant devant la télé, Asuka lut le bandeau au bas de l'écran : *Une inquiétante série d'agressions*. La journaliste interviewait un spécialiste du crime à lunettes rondes. « … Si vous voulez un ordre d'idées, ça ressemble à ce que pourrait faire une goule ou un vampire si ce genre de créature existait réellement. Il leur saute dessus, boit leur sang et s'enfuit sans laisser de trace. En tout cas, pas de trace reconnaissable. Et ce qui est curieux, c'est qu'il ne semble pas rechercher le meurtre. Les jeunes femmes ont toujours été retrouvées vivantes. Jusqu'ici. »

– Vous voulez dire qu'il se contente de boire leur sang… ? rétorqua le journaliste, ébahi.

Ainsi, l'histoire dont parlaient ses parents le soir du retour était révélée au grand jour. Un crime, c'est un cas particulier. Deux crimes similaires, une coïncidence. Trois, le début d'une série. On peut alors parler de serial killer, et les médias adorent ça. Asuka se dit que ce n'était pas la première fois que quelqu'un se prenait pour un villain de bande dessinée, et ce ne serait pas la dernière. Si elle devait inventer une histoire, pourquoi pas une histoire de meurtre ? Une enquête ?

Une fois de retour dans sa chambre, elle fit l'inventaire de ses armes. Elle relut la lettre envoyée par le *Shōnen Jump*. Il fallait rendre une histoire d'environ 50 pages, un one-shot, et la date limite était le 31 janvier. Elle avait pas loin de cinq mois pour faire le travail. Ça voulait dire dix pages par mois, environ deux pages et demie par semaine. Il valait mieux ne pas trop réfléchir, parce que c'était objectivement insurmontable. Il fallait cumuler tout le travail pour être au niveau en ce début de lycée, et celui que demandaient deux pages et demie par semaine. Elle relut encore une fois la lettre. *Deux pages et demie ? T'es gentille... ! Tu ferais mieux de compter trois. Comme ça, à la fin, tu auras un peu de temps pour te relire et ne pas envoyer n'importe quoi. Du temps pour corriger.*

En fait, tout aussi bien elle aurait pu remettre la lettre dans l'enveloppe, l'attraper par un coin et la déposer délicatement dans une poubelle. Celle de la cuisine par exemple, pour bien montrer à son père qu'il se trompait, que ce n'était pas comme ça qu'on aidait les gens à avancer dans la vie. Sans demander leur opinion. Mais au lieu de ça, elle prit délicatement la lettre par un coin, se leva et l'accrocha avec une punaise juste au-dessus de son bureau, là où il y avait déjà certains de ses dessins et des phrases qu'elle avait recopiées, des trucs de grands maîtres du manga. Comme un viseur à verrouillage automatique, son œil se fixa sur certaines d'entre elles, ses préférées :

« Si je devais choisir un aspect important d'un bon manga, ma réponse serait un manga qui a un caractère unique. Je veux voir un personnage captivant. C'est aussi mieux si je peux voir un certain niveau de réalité dans le monde où le personnage vit », disait Takehiko Inoue (*Slam Dunk*).

Juste à côté, Kohei Horikoshi (*My Hero Academia*), hochait la tête en guise de réponse :

« Pour faire un bon manga, je pense que le plus important est le personnage. Une seule expression peut inciter les gens à aimer un personnage. En lisant votre travail, j'espère rencontrer beaucoup de grands personnages ! »

Asuka alluma la lampe de son bureau pour mieux voir, et juste sous l'ampoule, les mots d'Eiichiro Oda (*One Piece*) se mirent à grésiller : « Si l'histoire que vous souhaitez dessiner est similaire à quelque chose qui est déjà populaire, trouvez autre chose à dessiner. Je préfère lire un manga qui est mauvais mais quelque chose que vous seul pouvez dessiner, plutôt que quelque chose de génial mais similaire au travail d'un autre artiste ! Essayez juste !! »

Alors elle s'assit sur sa chaise. Et juste en face, Kamome Shirahama, l'auteur de *L'Atelier des sorciers*, envoya la dernière flèche :

« Beaucoup abandonnent leur rêve d'illustrateur pour faire autre chose alors que tout le monde a le potentiel pour faire ce métier. S'il vous plaît, ne laissez pas tomber ! »

Elle comprit soudain qu'elle en était arrivée là sans s'en rendre compte. Le bon moment. Et Sozuke avait raison. Le moment était venu. Sinon, à quoi ça aurait servi de recopier ces phrases, de les accrocher un peu partout dans sa chambre ? Pas juste à faire joli.

Au milieu des phrases de mangakas, il y avait aussi quelques feuillets remplis d'une écriture serrée. C'était l'histoire d'Hina. Leur *Légende des Trois Îles*. Le prologue, Asuka le connaissait par cœur (et elle avait découpé les phrases comme pour une bande dessinée : un fragment, une case) :

Il y a longtemps, trois forgerons
venus de trois îles
décidèrent d'allier leurs savoirs
et de forger un sabre.
Mais au moment de fondre l'acier, l'un des forgerons tira une fiole

remplie d'un liquide rouge
et en versa quelques gouttes.
Est-ce du sang ? demandèrent ses compagnons.
Le forgeron resta muet et se contenta de sourire.
Le sabre des Trois Îles fut vendu à un samouraï,
qui s'en servit pour tuer quelqu'un
lors d'une dispute à l'auberge.
Mais durant la nuit, il y eut du grabuge,
Comme si on bougeait les meubles
Et même, qu'on les brisait à coups de hache.
Il y eut aussi les cris de deux personnes en train de se disputer.
Des hurlements.
Les voisins de chambre entendirent tout
Et n'osèrent pas aller voir ;
et au petit matin on retrouva le samouraï mort.
C'était peut-être un voleur ;
peut-être un yokai.
La version la plus excitante, cependant, raconte que le sabre serait maudit,
et qu'ayant goûté au sang humain, il cherche désormais à étancher sa soif
Car le sabre avait
disparu.

Le cœur d'Asuka se serra tandis que les mots de sa meilleure amie défilaient. Elle avait toujours eu de la facilité à raconter ce genre d'histoire. Alors pourquoi, pourquoi elle avait soudain décidé d'arrêter… ? Quel gâchis…

« Mais, aurait répondu son père, on ne peut pas faire boire un âne qui n'a pas soif. »

Hina ne lui avait toujours pas répondu. Elle respira profondément et composa un second message :

Je vais faire le Renjirô.

Quand son pouce heurta *Envoyer*, Asuka sourit malgré elle.

Cette fois, ça n'appelait pas de réponse. Et puis, elle n'avait pas de temps à perdre. Pas le temps d'attendre sa réaction. Dans son sac de cours, elle attrapa son carnet de dessins des vacances et l'ouvrit. Il y eut un cliquètement sur le sol. Asuka s'accroupit et récupéra le bâtonnet de bambou dans lequel elle avait inséré la mine de roller.

Un morceau de bambou, ça ne compte pas. On le prend pour compléter une collection d'enfant, ces choses secrètes qu'on cache dans un coffret à clef quand on a cinq ou six ans, avec des coquillages ou des cailloux bizarres. Mais elle, elle avait envie de grandir maintenant. Hina avait pris de l'avance. Elle courait devant. Pour la rattraper, Asuka devait grandir elle aussi. Comment faire ? Elle fit tourner le bâtonnet de bambou, examina une fois encore la mèche nouée autour, le caractère *Ma* – puis griffonna quelques hachures sur un morceau de papier. Elle transforma ces hachures en mots. « 二重底島, Île à double fond ». « 水辺の村, Village près de l'eau ». « スパイラルボーイ, Le garçon-spirale ». Elle posa le roller et réfléchit. C'était venu comme ça. *Et maintenant, invente une histoire à partir de ces trois idées !*

Elle étudia la feuille et son stylo bizarre.

Pas seulement un souvenir de vacances, mais un stylo parfait pour l'encrage. Un mangaka invente une histoire, mais elle, elle avait inventé son propre matériel. Ça lui plaisait, comme idée.

L'histoire montre que les grandes idées découlent toujours d'un progrès technique. Pas l'inverse. Peut-être que l'histoire viendrait maintenant qu'elle maniait cet outil spécial.

Asuka regarda l'heure. Il était plus de dix heures du soir. Elle était seule dans l'appartement calme ; les jours de pression, ses parents ne rentraient pas avant onze heures du soir. Elle les soupçonnait aussi de faire parfois un détour par un love hotel*. Elle n'avait pas faim. Elle avait juste envie de dessiner. Sur sa feuille, autour des mots qu'elle venait d'écrire, elle se mit à dessiner des têtes pour faire des essais personnages. Elle ne savait peut-être pas encore ce qu'elle voulait raconter, mais le roller glissait tout seul, et sur les visages, les yeux qu'elle dessinait pétillaient de vie, acérés, pleins de volonté.

Elle reprit plusieurs fois l'un de ses portraits et le précisa jusqu'à ce que l'évidence la frappe : elle avait dessiné le « nouveau ». Cloud Nakano.

Quand elle retourna la feuille, elle s'aperçut qu'il s'agissait du devoir de maths.

14. PERTE DE TEMPS

Le lendemain, Hina lui dit :

— Alors, tu vas vraiment le faire ? Toutes mes félicitations !

Le bus roulait. Et elle se mit à parler d'autre chose. Au fond d'elle, Asuka était toujours en colère, mais ça ne servait à rien de répliquer : « Tu aurais pu me répondre hier soir ! » ou « Arrête de faire comme si tout ça ne te concernait plus, et aide-moi à écrire le scénario ! » ou encore « Regarde ce que j'ai dessiné ! Je crois que je tiens un bon personnage de méchant ! »

Mais Hina lui racontait ses trucs, que d'après elle un tiers des élèves seulement avait le niveau pour rentrer à Todai, quel était le classement des filles et des garçons les plus intelligents par ordre décroissant, leur niveau en sport. Elle babillait ; elle avait l'air heureuse et excitée de retourner au lycée. Et même si elle parlait à Asuka comme si celle-ci était un miroir, juste là pour lui renvoyer des réponses ou lui dire qu'elle avait raison, Asuka n'avait pas envie de gâcher sa joie.

Toutes deux avaient toujours été d'accord sur le fait qu'un personnage de méchant, c'est peut-être ce qu'il y a de plus important dans un récit. Raconter une histoire pour décrire un monde parfait dans lequel tout va bien et montrer des gens heureux, ça n'a pas de sens, malheureusement. Sozuke avait déjà dit à Asuka que d'après lui, les gens n'étaient pas capables de reconnaître le bonheur quand ils le tenaient entre leurs mains, et que quand ça leur filait entre les doigts comme une poignée de sable, il était déjà trop tard ; il n'y avait plus qu'à regretter ou à courir après.

Le bonheur, ça n'intéresse pas vraiment les gens. Ce qui les intéresse surtout, c'est la recherche, la quête. Le mouvement. Les obstacles qu'on rencontre sur son chemin, et comment on en vient à bout. Gagner, c'est vaincre. C'est là que les méchants deviennent nécessaires. Asuka n'avait pas d'histoire, mais elle avait une vraie tête de méchant ; et sous le pinceau de bambou, il apparaissait clairement que ce méchant pouvait être Cloud. Ça semblait injuste : après tout, elle ne le connaissait pas vraiment. Mais quelque chose – un picotement dans les doigts – lui disait qu'elle n'allait pas tarder à en savoir plus.

Un coup de coude fit éclater sa bulle de pensée.

— Tu n'écoutes pas ce que je raconte ! lança Hina.

— Non, avoua Asuka en riant. Désolée.

Hina lui adressa un regard de reproche.

— C'est très important, appuya-t-elle. Il sort déjà avec Aoki.

— Qui ça ?

— Le nouveau. Nakano.

— Ah oui ? Et comment tu sais ça ?

— On les a vus s'embrasser. En tout cas Yura ne parlait que de ça, sur le groupe de classe hier !

— Le groupe ?

Hina rougit légèrement.

— Il y a un groupe de discussion. Ça s'est créé spontanément. Peut-être que tu n'as pas vu l'invitation ?

Asuka consulta son téléphone. Il n'y avait pas d'invitation.

— Ce n'est pas grave, dit Hina avec désinvolture. C'était improvisé de toute façon. Ça viendra !

Elle posa sa main sur l'avant-bras de son amie. Asuka se retint de lui dire que pour le moment, elle se fichait de cette invitation.

Hina fronça les sourcils.

— En tout cas, il n'a pas perdu de temps.

— Pourquoi ?

— Comment ça, pourquoi ? Parce qu'on est le deuxième jour, voilà pourquoi ! Et il ne connaît Aoki que depuis hier…

Asuka faillit dire « Peut-être que c'est Aoki qui a fait le premier pas ? » Mais elle laissa Hina ruminer.

— Me demande ce qu'elle a de mieux que moi. Enfin, que nous.

Asuka ouvrit un carnet et griffonna rapidement un foulard de marin.

— C'est sûr qu'avec nos uniformes, c'est difficile de se démarquer. Il a dû choisir au hasard !

Ce qu'elle se retenait de dire : « Pourquoi ? Tu aurais voulu qu'il te choisisse, toi... ? »

Mais elles étaient déjà devant le lycée. Elles descendirent du bus. Hina lui lança un autre coup de coude et pinça les lèvres :

— Regarde. C'est ce que je te disais !

Devant le portail, Cloud Nakano lâcha la main d'une jolie fille, qu'il avait tenue brièvement.

— C'est elle, Aoki.

Asuka reconnut aussitôt une des filles désignées par Matsuda la veille.

— Une Peste, lâcha-t-elle.

— Ouais ! ricana Hina plutôt gênée. Tu l'as dit ! Mais bon, je lui ai un peu parlé hier. Au club, tu sais. On peut s'entendre...

15. TEIKO

Au fil des heures de cours, l'envie de dessiner se mit à démanger Asuka d'une façon insupportable. Bien sûr, si elle avait commencé la moindre esquisse, les profs n'auraient pas laissé passer l'occasion de marquer leur autorité, de montrer qui était le patron. Chaque élève était à une table individuelle, et les professeurs se promenaient entre les rangs, des scanners à la place des yeux. Ils les scrutaient pour voir si tout le monde prenait ça bien au sérieux. Pour voir si personne n'allait faire honte au lycée et rater l'examen central, dans trois ans. « Tous les petits détails, leur avait dit Matsuda, le professeur principal, doivent être réglés les premiers jours. Si vous êtes un peu trop penché sur votre feuille, redressez-vous. Si vous écrivez pour ne rien dire, déchirez et tournez sept fois votre langue dans votre bouche. Si vous pensez à ce que vous allez faire après les cours, planifiez vos devoirs. Manger des ramen avec des amis, commencer une relation amoureuse, vous feriez mieux de laisser tomber. C'est une perte de temps. »

Les heures passèrent.

Asuka ne pouvait pas dessiner, en revanche elle pouvait écrire. Il lui semblait que ce serait juste de le faire avec son nouvel outil de travail. Et d'ailleurs, il fallait peut-être trouver un nom à cet objet. Il était dans sa trousse, à portée de main. Oui, ça la démangeait.

Elle sortit le stylo de bambou, écrivit quelques mots, et la sentence tomba aussitôt.

— C'est un drôle de stylo que vous avez là ! dit la voix sévère de M. Matsuda au-dessus de son épaule.

Elle garda la tête baissée.

— Oui, monsieur Matsuda.

— Un drôle de stylo tordu, reprit-il. Comment voulez-vous écrire droit, penser droit, si votre stylo est tordu ?

— Oui, monsieur Matsuda, dit-elle encore.

Mais loin de le remettre dans sa trousse, Asuka crispa fermement les doigts sur le stylo de bambou. Son index cachait la boucle de cheveux nouée autour. Si le prof avait vu des cheveux sur ce morceau de bois, il aurait tapé une crise du genre « arme non conventionnelle détectée, on demande ordre urgent de détruire ! Ordre urgent ! » Et elle continua son exercice avec une grande application. M. Matsuda l'observait toujours, elle le devinait. Puis elle sentit qu'il haussait les épaules avec un soupir, et il poursuivit son chemin.

Autour d'elle, il y eut quelques murmures, mais pas de moquerie. La sueur perla sur son front. Elle avait gagné une sorte de bataille. S'il l'avait vue, il aurait pu la virer de cours, mais M. Matsuda lui tournait le dos, alors Asuka fit tournoyer le stylo entre ses doigts.

« *Teiko* », chuchota-t-elle, « Résistance ».

Voilà comment elle allait l'appeler.

Le soir, elle se retrouva à nouveau seule dans la classe avec son balai. Il ne lui faudrait pas longtemps pour nettoyer, mais elle n'avait pas envie de rentrer tout de suite. Par la porte entrouverte, on pouvait entendre la rumeur des élèves qui se consacraient à leurs clubs ; elle se figea brusquement, le balai à la main, en réalisant qu'elle attendait quelque chose. Et la pensée se formula plus précisément : que Cloud Nakano arrive. Mais qu'est-ce qu'elle espérait… ? Il sortait avec Aoki. C'est bien ce qu'Hina avait rapporté le matin même ! Quant à elle, sortir avec un garçon, est-ce que ça l'intéressait vraiment ? Oh, non. Mais elle avait envie de lui raconter pour le Renjirô. Elle n'avait pu véritablement en parler avec personne et elle voulait partager ça. Elle passa la tête dans le couloir : pas un rat. Les salles de clubs étaient à l'étage du dessous. Elle descendit.

Au moment de passer devant l'atelier de manga, elle s'aperçut qu'ils avaient laissé les portes ouvertes.

Elle repensa aussitôt à ce qu'Hina lui avait dit au sujet des cartes qu'il fallait scanner pour rentrer dans les clubs. Mais la porte était bien ouverte. Elle se sentait mal à l'aise, surtout après ce qui lui était arrivé avec Matsuda le premier jour ; comme presque nue dans ce couloir où arrivaient toutes les voix joyeuses des autres élèves. Pas à sa place. Mais ça ne l'empêcha pas de passer une tête – juste pour voir.

Tout le monde parlait là-dedans, et les Terminales plus fort que les autres. Sur une table, il y avait des sodas et une bouilloire. Ça ne dessinait pas beaucoup. *Alors c'est ça*, se dit Asuka. *En fait, ils se retrouvent là pour boire le thé et échanger les derniers ragots.* Dans un coin tout de même, sur une table carrée, un petit groupe travaillait vraiment. Hina était parmi eux. Elle leva la tête, et lorsqu'elle capta Asuka dans l'encadrement de la porte, celle-ci vit toutes les expressions de la surprise passer sur son visage et un peu de joie aussi. Mais la fille qui était à côté d'elle (Asuka reconnut Aoki) l'interpella :

— Hé, toi, qu'est-ce que tu fais là ?

Tout le monde se tut dans la salle et se tourna vers Asuka.

— Je passais par là, c'est tout, répondit-elle d'une petite voix fragile qu'elle détesta.

— Mais tu n'appartiens à aucun club, appuya Aoki. Alors tu n'as rien à faire ici !

— Oui, confirma une fille de Première. Rentre chez toi. Et révise tes leçons pour apprendre à te comporter comme une lycéenne correcte.

Il y eut des rires. Dès qu'Asuka posa son regard sur elle, Hina baissa la tête, gênée. *Tu as toutes les raisons du monde de l'être*, pensa Asuka. *Ce matin, tu me dis qu'Aoki est une sacrée Peste. Ce soir je te retrouve à côté d'elle. Bien !* Dans sa poche de blouse, elle serra le Teiko de toutes ses forces, et soudain une voix forte et assurée s'éleva dans la salle du club de dessin :

— Oui, c'est sûr. Je ferais mieux de rentrer chez moi. Ce n'est pas dans votre club de paresseux que je vais apprendre quoi que ce soit pour avancer et remporter le Renjirô.

Asuka se retint à temps d'écarquiller les yeux, car c'était bien *elle* qui venait de parler. Pendant une brève seconde, elle avait vraiment cru être quelqu'un d'autre, quelqu'un de plus fort que la petite, la fragile Asu-chan. Et maintenant le silence s'était installé dans la salle – un silence lourd et hostile. Tout le monde avait suspendu son geste, et Asuka eut la confirmation que ce club de dessin, c'était pas bien glorieux. Peu d'entre eux étaient réellement en train de travailler. Mais dans les yeux d'Hina qui avait relevé la tête, elle vit passer une étincelle. De la fierté, ou quelque chose qui y ressemblait beaucoup.

Asuka leur tourna le dos et revint dans le couloir, les laissant ne-pas-bosser. Elle traversait le corridor d'un pas claquant lorsqu'une voix l'arrêta. « Asuka-chan ! » Elle se retourna en fronçant les sourcils : c'était Cloud, qui sortait la tête de la salle jeux de rôle.

— Hé, dit-elle simplement.

Puis elle poursuivit son chemin. Elle l'entendit lui courir après. « Attends ! » souffla-t-il, ce qui la fit sourire malgré elle. Il lui tapota l'épaule.

— Je... j'ai entendu ce que tu as dit, tout à l'heure.

— Entendu quoi ? rétorqua Asuka.

— Ben... Au sujet du Renjirô, là. C'est... Super, oui, super !

— Ah ? Oui, c'est super. Mais maintenant il faut que je rentre. Pour travailler, tu vois.

— Oui. OK. Attends !

Cloud ne se laissait pas abattre par une excuse faiblarde et Asuka sentit son cœur rebondir.

— Quoi ?

— Tu as le temps de boire un thé ?

— Hé, je viens de te dire que j'avais du travail !

Ce qui, tout au fond d'elle-même, pouvait signifier plus ou moins, *Oh oui, j'en ai très envie !*

— À la cafétéria, suggéra Cloud. C'est rapide.

— Et toi, tu n'as pas club ?

— Ben, si, mais on galère sur une fiche événements. Ça n'avance pas...

— C'est quoi, ça ?

— Une fiche du genre, tu lances un dé et tu es confronté à une rencontre ou une épreuve. Genre tu fais 18, et « En tournant au coin d'une rue, vous vous cognez à un samouraï furax ». On utilise des générateurs sur Internet, mais on veut aussi créer notre propre contenu, alors...

— Ah, OK. Je savais pas qu'il fallait lancer un dé pour être confronté à une rencontre ou une épreuve.

Asuka le regardait droit dans les yeux. En temps normal elle aurait baissé la tête et bafouillé des excuses, mais l'épisode du club de dessin l'avait fait sauter sur la plateforme supérieure.

— J'ai fait quel résultat pour tomber sur toi dans ce couloir, à ton avis ? lui dit-elle.

Et il rougit jusqu'à la racine des cheveux en rigolant :

— Bah, euh, je sais pas moi… Au moins 100 ?

— Cloud ?

La voix venait du fond du couloir. Il se retourna, mais par-dessus son épaule Asuka vit la tête d'Aoki. Elle semblait contenir sa fureur.

— Hé, Nakano ? Tu parles à qui comme ça ?

— Euh… bredouilla Cloud. Je fais une pause ! Et toi… ?

Et le temps qu'il se retourne, Asuka avait déjà disparu dans l'escalier.

*

En rentrant chez elle, Asuka reçut un message :

> Je t'ai attendue à la cafétéria.

Elle ne connaissait pas ce numéro. C'était Cloud à n'en pas douter, et elle s'apprêtait à répondre quelque chose comme : « Je t'ai dit que j'avais du travail », ou « Ça m'aurait fait plaisir qu'on parle du Renjirô », mais au moment d'envoyer son message, elle hésita. C'était probablement Cloud, oui, mais le fait est qu'elle ne connaissait pas ce numéro. Et si ce n'était pas lui ? Si Aoki l'avait vue lui parler dans le couloir ? Et si c'était cette dernière qui lui tendait un piège du genre : « Avoue que tu étais en train de parler au garçon avec qui je sors pour lui fixer un rendez-vous ! » Alors elle haussa les épaules et reposa son portable. De toute façon, elle n'avait pas vraiment de temps à perdre avec des messages. Elle avait ce Renjirô à gagner. Enfin, c'est ce qu'elle avait dit au club tout à l'heure. Et Asuka soupira. Qu'est-ce qu'on peut dire comme conneries, parfois, sous la pression.

Elle lança son sac dans un coin de la pièce, ce téléphone avec ce message qui l'énervait sur son lit, prépara ses crayons de graphite et se mit au travail.

Après une heure à gribouiller des croquis qu'elle finit par étaler devant elle pour les juger, et dont aucun ne lui parut satisfaisant, elle décida de ne pas se décourager et de changer son fusil d'épaule. Tout à l'heure, au club de dessin, elle avait tout juste eu le temps de voir sur quoi bossaient Hina, Aoki et les deux autres qui étaient assises avec elles. Des 4-cases. C'est un format classique auquel Asuka était habituée depuis qu'elle était en CP. Il s'agissait de raconter une petite histoire en quatre cases. Enfin, parfois il s'agissait d'une histoire, parfois simplement d'impressions comme « Premier jour de printemps à Osaka », ou alors « Jour de pluie au bord de la mer ». Et en quatre cases, il faut réussir à raconter l'histoire. C'est à la fois très facile, parce que quatre cases, on les dessine rapidement, et très difficile parce qu'il faut un vrai talent de narration. De bonnes idées de départ. À vrai dire, si Asuka venait de passer une heure à gribouiller sur son carnet de croquis, c'est parce qu'elle ne savait pas quelle histoire elle allait raconter. C'est le talent d'Hina qui lui manquait, *une fois de plus*. Par contre, pour son histoire en quatre cases, Asuka avait une idée. Ça s'appelait « Le club de dessin de Shimizudani ».

Elle laissa les crayons de graphite et choisit le Teiko à mine de roller. Encre bleue, pas de brouillon, tout à dessiner d'un seul trait et du premier coup. Un frisson d'excitation parcourut Asuka.

Dans la première case, elle dessina
une table près d'une fenêtre
avec la bouilloire et
les bouteilles de soda.

Dans la deuxième case,
des élèves en train de papoter.

Dans la troisième case,
deux filles en train de se prendre en selfie.
Et elle s'en voulut de faire ça, mais

la première fille avait les traits d'Hina,
et la deuxième c'était Aoki.

Dans la dernière case,
une table de travail
avec une feuille dessus
et du matériel de dessin.

La feuille est blanche.

Fin de l'histoire.

En moins d'une heure, on pouvait dire que c'était abouti. Asuka souffla sur la pointe de son roller et le fit tourner entre ses doigts comme s'il s'était agi d'un Colt et qu'elle avait refroidi un desperado particulièrement coriace. Elle avait enfin dessiné quelque chose de correct et aurait pu poursuivre sur sa lancée, mais elle avait peur. De quoi ? Claquer tout son mana ? Inventer à vide d'autres choses moins bien ficelées, moins synthétiques ? Elle préféra laisser reposer son 4-cases et se mit à ses devoirs.

Plus tard dans la soirée, elle examina ce qu'elle avait fait et ne put s'empêcher d'éclater de rire. Puis elle rangea la feuille dans son carton à dessin.

*

Il devait être trois heures du matin quand le froid la réveilla. La chaudière de l'immeuble avait tendance à tomber en panne chaque fois que la température baissait en automne. La couette était par terre. Elle grogna dans un demi-sommeil et la ramassa. Puis elle ouvrit carrément les yeux. Une idée venait de la frapper, une autre histoire en quatre cases. Elle se leva, mit la couette sur ses épaules et s'installa à son bureau. Elle tâtonna pour trouver l'interrupteur de la lampe-pince, qui projeta son halo sur le plan de travail. Le Teiko l'attendait sur une feuille blanche. La pointe rencontra la feuille et glissa vivement sans faire crisser le papier.

Case 1
Une fille balaie ce qui ressemble à
une salle de classe

Case 2
Un garçon fait un signe à la fille
par la porte ouverte

Case 3
Le garçon et la fille parlent
visage plutôt rapproché
pas comme s'ils étaient amoureux
non, mais plutôt pour un secret

Case 4
La fille est à nouveau seule
mais elle ne balaie plus,
elle songe.

Elle regarda son réveil et titra : « 3:32 ». Puis elle reposa le Teiko sur la feuille où séchait son nouveau 4-cases et, une fois dans le lit, après s'être répété cent fois : *Amoureux ? Un secret ?* elle s'endormit à poings fermés.

16. INCUBE

Quelle forme prend la peur ?

Dans le tube de verre, elle semblait vraiment dormir. Mais par moments elle était presque morte. Ça dépendait des poches de sang, plus ou moins pleines. Depuis deux jours, son teint avait pâli et elle ressemblait davantage aux poupées qu'elle aimait tant, *avant*.

Il pinça la poche de sang entre le pouce et l'index, suivit du regard le tuyau de plastique qui la reliait au tube de verre. Le tuyau continuait sa route jusqu'à la saignée de son bras qui flottait dans le liquide amniotique. Il se collait presque au tube de verre pour scruter son visage. Les traits étaient légèrement déformés par les reflets de sa lampe sur le liquide. À chaque instant on aurait pu croire qu'elle allait ouvrir les yeux et dire : « Ouf ! Ça va mieux ! Dis, qu'est-ce qui m'est arrivé ? » Mais ça traînait en longueur. Il se demanda comment il faisait pour ne pas devenir fou.

Oui, la peau était plus blanche. Il n'y avait presque plus rien dans la poche.

Il sentit la sueur couvrir son front et recula, cognant du talon un des bidons Biochemazone. On croit qu'on peut contrôler les choses, les sentiments, ce que les gens pensent de vous, on croit qu'on peut contrôler la vie, mais au premier grain de sable dans le rouage, on réalise qu'on s'est trompé.

— Pars pas, murmura-t-il. Attends un peu, je peux mieux faire.

Il se mordit la langue à sang pour éviter de crier. Ça encore, il pouvait contrôler. Mais ça ne durerait plus longtemps, car il fallait « mieux faire ». Remplir les poches qui se vidaient à une vitesse de plus en plus effarante. Recharger la réserve de liquide amniotique. C'était nécessaire. C'était *vital*. Il sentit ses mains se durcir sur le verre, la peau de ses mollets se tendre contre l'os. Son cerveau sembla rebondir sous l'effet d'un choc électrique. Sa colonne vertébrale se tordit et il se voûta. Le reste suivit.

Le verre lui renvoya sa propre image. Au lieu de hurler, il siffla longuement, priant – quelque part dans son esprit – pour qu'elle ne se réveille pas brusquement et le voie comme ça. Car elle mourrait de peur.

*

Un clapotis rapide dans une flaque d'eau, un léger halètement, une oreille peu attentive aurait confondu sa marche avec le trottinement d'un chien. Mais c'était plus hâtif. Pour cause, il savait qu'il valait mieux faire vite, car il perdrait bientôt conscience de lui-même. Son esprit était embrumé dès qu'il changeait de forme, mais une heure après c'était pire : le goudron liquide qui courait dans ses veines atteignait le cerveau, et il perdait peu à peu tout contrôle. Une fois il s'était réveillé dans un trou boueux, une sorte de plage sinistre où on entassait des ordures en contrebas des docks, et il avait régurgité tout le sang contenu dans son estomac qui (il avait fini par comprendre) lui servait de poche de stockage. Il avait donc appris à se méfier et s'était fixé une routine. Le problème avec les routines, c'est qu'elles vous rendent repérable. Mais il n'avait pas vraiment le choix. Il fallait de plus espérer qu'il trouve une proie buvable ce soir, et ça n'arrivait pas tous les jours. Il escalada un escalier de secours et poursuivit sa route sur les toits de tôle en accélérant le pas, surmontant les ruelles désertes, évoluant dans les plaques d'ombre pour accéder aux quais. À cette heure-là, il y avait moins de monde, et surtout il pouvait dénicher une fille qui faisait du sport après le travail.

Le vent chargé de sel lui gifla la face, il s'ébroua violemment. Un halo de faibles lumières lui indiqua qu'il était parvenu dans la zone.

Il se cacha derrière un container, les membres plaqués contre le métal glacé, passant le museau de temps à autre pour examiner la piste de running. L'ennuyeux était les réverbères, de grosses boules blanches de lumière qui risquaient de le faire repérer. Soudain, un bruit de pas répété déclencha son système d'alerte, un mécanisme reptilien très efficace. Et avant même de la voir, il sut qu'il y avait une proie. Il sentit également un liquide poisseux affluer dans son crâne et siffla de douleur. Les bruits de pas cessèrent. Avec de grandes précautions, il passa la tête.

La fille était de dos, les mains sur les genoux, reprenant sa respiration comme on l'apprend en sport à l'école. Il ne pouvait pas rétracter ses griffes, marcher silencieusement était hors de portée. Il se mit donc à quatre pattes, recula de trois pas pour prendre de l'élan, courut et bondit. Il atterrit à quelques mètres de la fille, qui eut tout juste le temps de se redresser. Elle n'eut pas l'occasion de se retourner : il était déjà sur elle, l'enveloppant d'un bras démesuré et la plaquant contre lui. Il galopa en sifflant (il ne savait faire que ça, mais ça tenait lieu de hurlement de victoire) et trouva refuge à l'ombre d'une coque immense qui bordait le dock. Pas une lumière, pas une âme en vue, pas une étoile, rien que le noir de la nuit. La fille était trop effrayée pour crier ; peut-être même faisait-elle une crise cardiaque.

Il ne voulait pas tuer, mais il fallait qu'il la boive tout de même.

Il la relâcha à terre. Sa tête heurta les pavés, ses yeux se révulsèrent et elle perdit connaissance avec un tremblement de tout le corps. Il sortit la langue et perça la peau à la base de son cou, cherchant l'artère. Puis il aspira.

17. TORCHON ET BALAI

Juste avant qu'elle rentre dans le lycée, une fille de la classe héla Asuka à travers le parvis. Elle s'appelait Majimûn Kyoko, elle s'était déjà présentée pour être déléguée de classe. Un peu plus grande que la moyenne, les cheveux attachés en queue-de-cheval et un sac de sport sur le dos, elle faisait partie de ces gens qui s'inscrivent au club d'athlétisme dès le premier jour – non pas pour faire comme tout le monde, mais pour obtenir des résultats. Une leader née. Asuka s'approcha d'elle. La fille la regarda de haut en bas.

— C'est toi qui veux faire le Renjirô ?

— Oui, dit Asuka aussitôt malgré elle, avec un mélange de fierté et de méfiance.

Il avait fallu quelques heures seulement pour que ça se sache.

— Je ne sais pas ce que tu vaux, dit-elle, je n'y connais rien en dessin. Mais si tu fais le Renjirô, ça veut probablement dire que tu as des capacités.

Quand elle prononça ces mots, c'était comme s'il y avait eu une aura. Asuka sentait que pour elle ça comptait, avoir des « capacités ».

— Quel dommage que tu n'aies pas été prise au club de dessin, dit Kyoko.

— Pour être honnête, souffla Asuka, je ne vois pas en quoi ça aurait aidé.

— Tu aurais pu recruter une équipe ! Tous les bons mangakas ont une équipe, non ?

— Je vais tenter ça seule. Comme une sorte de marathon…

Kyoko eut l'air d'apprécier la comparaison et sourit.

— Eh bien, dit-elle, donne-moi ton numéro ! Les élections n'ont pas encore eu lieu, mais je ne vois pas pourquoi je ne serais pas élue.

Elle avait dit ça avec détachement et poursuivit :

— Alors en tant que future déléguée de classe, j'ai ouvert un groupe de discussion. Si tu me donnes ton numéro, je t'inscris.

— Ah oui, j'en ai entendu parler, dit Asuka.

— Vraiment ? répliqua Kyoko. C'est censé être un secret ! Si des gens commencent à trahir les secrets, ça ne va pas aller du tout… Qui t'a dit ça ?

— Euh, c'est un secret aussi, répondit Asuka. Et celui-ci, je ne le trahirai pas.

La fille éclata de rire.

— Au moins, on peut compter sur toi… ! Alors ?

— C'est gentil, mais pourquoi moi ?

— Ah, on ne sait jamais ! Si ça se trouve un jour tu pourrais être célèbre ? Enfin, passer dans le journal du coin et représenter le lycée ? C'est important si je suis déléguée d'arriver à mettre en valeur les talents de la classe !

— Je ne sais pas si j'ai vraiment du talent, grommela Asuka.

— Si tu n'as pas de talent, ne compte pas sur moi, gronda Kyoko. Mais si tu en as, tu ferais mieux de me faire confiance ! Il faudra juste que tu votes pour moi ! Alors, c'est d'accord ?

— Euh... D'accord pour quoi ?

Kyoko leva les yeux au ciel.

— Rejoindre mon groupe.

— Si ça peut... enfin je veux dire, oui !

— Oh, super ! À plus tard, je t'envoie un message... !

Et avant qu'Asuka ait le temps de répondre, Kyoko se tourna vers un autre garçon et s'absorba dans son petit travail de clientélisme.

La journée passa. Il y eut une chose notable. Pendant qu'Asuka se rendait aux casiers pour échanger ses cahiers, elle surprit une conversation. Elle ne les voyait pas car elle leur tournait le dos, mais c'était un groupe de filles.

— Il est mignon, le nouveau.

— Nakano Cloud ?

— Oui.

Asuka ouvrit largement la porte de son casier et fit semblant de chercher quelque chose. Le battant masquait son visage. *Oui, il est mignon*, s'avoua-t-elle.

— Oui, il est mignon ! renchérit l'une des filles.

— Par contre son nom…

— Un vrai nom de jeu vidéo.

— J'aime bien, c'est mystérieux !

— Cloud c'est Nuage en anglais.

— Arrête de faire ton intéressante…

— C'est mignon, nuage !

— Comme le garçon, en fait.

— Il a un *vrai* truc dans le regard. Je sais pas comment dire…

— Ah oui, les yeux, c'est bien, mais moi je *veux* son adresse !

— Hi-hi !

— Demande son numéro, ce sera plus facile.

— Oh, je préférerais un truc mystérieux… Tu sais… Faire comme si je le rencontrais par hasard dans la rue. Ce serait romantique !

— Ena, tu es vraiment vieux jeu ! Demande son numéro.

— Et tu lui envoies quoi comme premier message ? « Coucou » ? « J'ai une amie qui crushe sur toi » ? C'est impossible.

— En fait… Il descend au même arrêt que moi. Je veux bien te dire où il habite, mais ce ne sera pas gratuit !

— Tu plaisantes ? Je veux bien te payer pour ça ! Tu le ferais ?

— Oui.

— Quoi d'autre ?

— Quoi, « quoi d'autre » ?

— Oui, tu sais d'autres choses sur lui ?

— Je crois qu'il est venu à Osaka sans ses parents.

— Oh ! Comment tu sais ça ?

— Déjà, la maison où il vit, c'est petit. Et puis il n'y a pas de voiture.

— Si ça se trouve, ils sont en voyage !

— Ou ils sont restés à la campagne.

— Ou morts.

— C'est pas drôle ça, Chizue.

— Par contre…

— Quoi ?

— Il ne vit pas seul.

— Ooh ! Il a une petite amie ?

Chuchote, chuchote

— Petite, si vous voulez… Je l'ai déjà vu près de l'école primaire du quartier attendre à côté de la clôture.

— Hein ?

— Il a un petit frère ?

— Plutôt une petite sœur. Il portait un cartable de fille. Le truc c'est…

Toutes en chœur

— Quoi… ?

— À l'heure où il vient à l'école, il n'y a déjà plus personne dans la cour et les lumières sont éteintes. Pourtant, il attend.

— C'est bizarre… !

(Silence soudain. Et mystère.)

Deux autres filles rompirent le silence. Asuka reconnut subitement Aoki et une autre fille de Première, une des cheffes du club de dessin.

— La tradition veut que ce soient les nouveaux qui bouclent le premier numéro. Et vous n'avez rien fait. Qu'est-ce qui cloche avec vous ?

— On essaie d'avancer, protesta Aoki, mais ce n'est pas facile. J'aimerais bien t'y voir !

Le genre à rendre coup pour coup dès qu'elle se sentait en position de faiblesse, nota Asuka. On appelle ça « du caractère ». Ou « de la mauvaise foi ».

— M'y voir ? s'offusqua la Première. Mais *j'étais* à ta place, l'an dernier. Et le numéro de septembre était prêt en temps et en heure !

— On veut faire les choses bien. On ne veut pas publier un torchon. On prend notre temps pour choisir les textes et les dessins. C'est un mal, de vouloir bien faire ?

— Non, non, renchérit la Première. Mais notre numéro à nous n'était pas un torchon, loin de là, et le temps presse. Je n'ai pas le sentiment que vous vous en rendiez compte !

Aoki redressa la tête, fière comme une poule.

— Qu'est-ce que tu crois ? Ce sera prêt lundi matin.

— C'est une plaisanterie ? s'étrangla la Première.

— Non, pourquoi ? fit Aoki.

— Parce que l'impression est *programmée* pour lundi matin, à 6 heures pile. Et l'hebdo distribué aux autres élèves à l'entrée du lycée juste après. Ce qui signifie que si vous comptiez finir lundi matin, c'est tout simplement trop tard. Tu comprends ça ?

— Ce n'est pas ce qu'on nous a expliqué, exposa Aoki d'une voix pincée. On nous avait dit : impression lundi, 6 heures *du soir*.

La Première rougit, visiblement excédée.

— Je ne sais pas ce que vous vous imaginez. On envoie nos commandes à l'imprimerie, ils programment l'impression à l'avance. Le copieur va récupérer les fichiers directement sur le serveur et lance l'impression. C'est entièrement automatisé. On ne peut pas leur demander de revenir dessus !

— On peut envoyer nos fichiers dimanche soir, alors ? Ce n'est pas trop tard, dimanche soir.

— Non.

— Samedi ?

— Non.

Pour la première fois, Asuka eut la sensation qu'Aoki était déstabilisée.

— ... Vendredi ?

— Oui.

— Alors il n'y a pas de problème, dit Aoki entre ses dents. Tout sera prêt pour vendredi soir.

Il y avait une grosse nuance, se dit Asuka derrière sa porte de casier. Elle faisait semblant de feuilleter son exemplaire d'*Adieu Eri* de Fujimoto. Entre boucler l'hebdo vendredi ou lundi, deux jours d'écart. Deux jours, ça comptait, il y avait de quoi finaliser le bouclage, tout relire trois fois… Du temps précieux. Elle tomba sur la page où Eri disait : « En fait je crois que j'étais jalouse d'elle ! », et se dit aussitôt après au sujet des filles du club : *Si elles espèrent boucler lundi dans la matinée, elles sont grave dans la merde*. Elle imagina instantanément un 4-cases où un copieur ouvrait grand son clapet pour engueuler les filles du club de dessin.

La Première souffla par le nez, encore irritée, mais plus calme.

— Il y a intérêt que ça soit prêt, gronda-t-elle. Parce que quand je suis passée au club ce matin, la seule chose que j'ai vue sur votre table de travail, c'est une feuille blanche.

Aoki pivota vers Asuka à ce moment, qui fourra la tête dans son casier pour ne pas croiser son regard. Asuka n'était pas vraiment du genre à se réjouir du malheur des autres, mais elle avait les joues rouges de contentement. Et dans le livre de Fujimoto, Yûta disait : « Tu penses vraiment pouvoir tenir le coup ? »

Après les cours, elle était à nouveau en train de balayer la classe quand Cloud passa la tête par la porte.

— Salut ! dit-il.

— Salut, répondit Asuka. Tu vas encore me raconter une histoire de club de jeux de rôle où tu fais un truc qui ne t'intéresse pas, et tu as préféré t'échapper plutôt que d'inventer cent rencontres avec des monstres ?

Il sourit.

— Eh bien… tu ne me croiras jamais. J'ai lancé les dés et le résultat, en fait, est assez intéressant : je suis tombé sur la case « En descendant les marches de l'auberge, vous foncez sans le faire exprès dans la petite balayeuse qui… »

Asuka sentit son cœur cogner un coup sourd au milieu de sa poitrine. Elle brandit le balai :

— Et tu sais ce qui va se passer avec ce truc et la balayeuse ?

— Bon, dit-il avec un sourire gêné, je ne voulais pas te…

Elle l'arrêta d'un geste et prit une inspiration.

— Moi, j'ai une histoire à te raconter. Ou plutôt, à te montrer.

Et Asuka se rendit à sa table où elle avait laissé sa pochette de dessin. Cloud demeura au milieu de la pièce, en plein dans un rayon de soleil qui passait par la fenêtre, en oblique. Il mit les mains dans les poches et attendit. Asuka récupéra son 4-cases, « Le club de dessin », et lui tendit la feuille de papier. Il la prit et lut attentivement, perplexe d'abord, car c'était une histoire sans paroles, et les gens sont tellement habitués à ce qu'il y ait du dialogue partout, à ce que tout le monde mette son grain de sel et donne son avis sur tout. Mais plus son regard descendait vers la quatrième case, plus son visage s'éclairait dans le soleil, et à la fin il riait franchement.

— Qu'est-ce qu'il y a ? s'enquit Asuka. Tu te moques de moi ?

Elle espérait que non. Elle espérait qu'il allait dire que son histoire était géniale.

— Ton histoire est géniale, dit-il.

— Je ne sais pas trop, répondit Asuka. Mais bon, ça m'est venu comme ça.

— Tu en as d'autres à me faire lire ?

Elle réfléchit quelques instants. Elle aurait pu lui montrer « 3:32 », mais c'était gênant. Le garçon (*amoureux ?*) ressemblait vraiment à Cloud et la fille (*en secret ?*) à elle-même.

— Je peux en faire plein d'autres, ça c'est sûr !

— Je voudrais bien une autre de tes histoires, dit Cloud en la regardant droit dans les yeux avec son grand sourire.

Sans qu'Asuka s'y attende, elle se trouva le souffle coupé, alors elle prit le temps de respirer avant de lui répondre. Elle avait l'impression que l'air était chargé de ses mots, de son sourire et du soleil.

— Je peux te faire quelque chose pour demain, si tu veux.

— Je veux bien, dit-il avec un petit hochement de tête.

Un claquement de pas retentit dans le couloir.

— Cloud ? fit une voix. Nakano ! Eh, Cloud ! T'es là ?

Cloud esquissa un rictus.

— C'est Aoki. Qu'est-ce qu'elle…

Mais du doigt, Asuka lui désigna la grande armoire de la salle. Il comprit.

Aoki apparut par la porte.

— Ce n'est que toi, dit-elle. La balayeuse. Tu fais quoi ?

Asuka tourna doucement la tête vers Aoki.

— Tu vois, répondit-elle, je balaie. Et toi ? Toujours en train de *ne pas* dessiner ?

Aoki la toisa, ouvrit la bouche et choisit de s'en tenir au sujet d'origine.

— Je cherche Cloud, dit-elle. Nakano. Tu ne l'as pas vu ?

Asuka haussa les épaules.

— Non.

Elle poussa un bref soupir par le nez, fronça les sourcils et sortit en appelant de nouveau : « Cloud ! Clou-oud ! »

Quand la voix se fut éloignée, Asuka frappa deux petits coups à la porte de l'armoire.

— Elle est partie ? fit la voix étouffée de Cloud.

— C'est Aoki, crétin ! répondit Asuka d'une voix contrefaisant la colère. Sors de là tout de suite !

Il y eut du barouf dans l'armoire et elle pouffa. Il avait dû sursauter. Asuka ouvrit la porte. Cloud avait l'air effaré. Elle ne put s'empêcher de rire.

— Très drôle ! haleta Cloud, l'air encore plus effaré.

Asuka reprit son sérieux et s'inclina légèrement.

— Je suis désolée d'avoir dit « crétin ». Ça... ne me ressemble pas.

— Euh, c'était, euh, mérité...

— Donc tu... évites ta copine ? lui dit-elle.

— Hein ? Ma copine ?

— Aoki !

— Donc, ma copine serait Aoki ?

Il avait l'air tellement surpris qu'Asuka aussi prit à son tour l'air effaré.

— Attends un peu, dit-elle, il y a une rumeur selon laquelle tu sors avec Aoki. Et, euh, hier je... Je vous ai vus vous tenir la main.

— Tu as dû te tromper, dit Cloud en fronçant les sourcils. Je ne lui ai pas tenu la main.

Elle se gratta la tête en essayant de se souvenir de ce qu'elle avait vu la veille. Non, peut-être qu'en réalité, au moment où elle avait cru voir ça, il ne lui tenait pas la main. Il la *relâchait*. Ce n'était pas tout à fait la même chose.

— Je ne sais pas ce que tu t'imagines, dit Cloud, ni ce que raconte cette rumeur, mais je ne sors pas avec Aoki. Et d'ailleurs je...

Il s'arrêta et baissa les yeux avec une sorte de regret.

— Peut-être que c'est Aoki qui voudrait bien sortir avec toi, dit Asuka doucement.

Il releva la tête.

— Oui, peut-être. Peut-être, oui. Tu penses que c'est pour ça...

— Que quoi ?

— Qu'elle me court après depuis la rentrée ? Oh là là, cette fille, c'est une furieuse... !

— Elle te court après... Et parce qu'elle a envie, poursuivit Asuka, il y *a eu* cette rumeur.

— Elle n'a pas l'air du genre à avoir sa langue dans sa poche, répondit Cloud pensivement. Alors peut-être qu'elle est allée un peu vite en besogne. En... en tout cas, je te jure que je ne lui ai pas tenu la main.

— Ah oui ? Bon. Je te crois, alors. Mais, euh, même si c'était le cas, ce ne serait pas très grave !

— Comme tu veux, murmura-t-il.

Il avait l'air triste et Asuka s'aperçut qu'elle en ressentait un peu de peine.

— Hé, lui dit-elle. Tu parlais de prendre un truc à la cafétéria, hier. Tu n'as qu'à y aller, et je te retrouve là-bas dès que j'ai fini le nettoyage de la classe.

— C'est vrai ? dit-il.

Un semblant de soleil était revenu sur son visage.

— Pourquoi pas ? reprit Asuka. Mais je te préviens, je n'ai pas beaucoup de temps. Il faut que je rentre. Pas de temps, en revanche j'ai beaucoup de...

— ... Travail, oui, je sais ! dit Cloud. J'y vais... Finis vite et retrouve-moi là-bas.

Il sortit précipitamment de la salle, et Asuka acheva précipitamment de passer le balai.

18. AUTRE CHOSE À PROPOSER

La cafétéria était remplie de lycéens. Asuka eut une pensée grimaçante pour Matsuda et tous les gens qui comme lui prétendaient que 99 % de leur temps libre devait être occupé par le travail. S'ils avaient vu tous ces lycéens oisifs et glandant, ils auraient claqué une crise cardiaque. Elle chercha Cloud du regard discrètement, et le trouva assis à une table. Elle sortit son téléphone et fit semblant de lire quelque chose sur son écran tout en se dirigeant vers lui. Arrivée à sa hauteur, elle s'arrêta ; et toujours fixée sur son écran pour éviter soigneusement son regard, elle lui dit :

— Je n'ai pas envie de m'asseoir en face de toi à cette table, sinon les gens pourraient croire des choses.

Du coin de l'œil, elle vit qu'il tournait la tête en direction de la vitre qui donnait sur l'extérieur. Lui aussi prenait soin d'éviter son regard, et elle apprécia.

— Bon, dit-il, va au comptoir, commande un thé glacé et arrange-toi pour qu'il y ait un peu de place à côté de toi.

Asuka ne répondit rien et poursuivit son chemin jusqu'au comptoir.

Il y avait tellement de choses à commander sur leur carte qu'elle se sentit soudain tout excitée d'être une lycéenne. L'année avait mal commencé. En fait, elle n'aurait pas pu commencer pire. Mais subitement, il y avait un rayon de soleil.

— Il ne peut pas pleuvoir pour toujours, si ? dit-elle à voix basse.

— Pardon ? fit le serveur devant elle. (Il regarda Asuka avec un gentil sourire.) Qu'est-ce que vous avez dit ?

— Je vais prendre un cappuccino frappé.

— Vous voulez du caramel dedans ?

— Oui, s'il vous plaît, dit-elle en tendant un billet de 1 000 yens.

L'écran plat au-dessus du bar passait les infos. Et pendant que le serveur faisait tomber la glace pilée au fond du gobelet, Asuka sentit quelqu'un s'accouder au comptoir juste à côté d'elle. Son épaule toucha la sienne ; un frisson inexplicable la parcourut de la nuque jusqu'au bas du dos.

— À la table, il y aurait eu moins de monde, grommela Cloud. Ce n'est pas tout à fait comme ça que je voyais les choses.

— Il faudra t'en contenter, dit Asuka. Au moins, d'ici, on peut regarder devant soi et faire comme si on ne se connaissait pas. Merci, ajouta-t-elle à l'adresse du serveur qui venait de poser devant elle le café glacé.

Elle prit le temps d'en siffler deux gorgées à la paille de bambou. C'était bon !

— Tu aimes bien les trucs d'Américains, fit remarquer Cloud en désignant le café.

— La première fois que j'en ai bu, répondit-elle, c'était avec mon frère. C'est lui qui m'a appris à apprécier ce genre de « truc américain ». J'aime bien.

— Je vais prendre la même chose, dit Cloud au serveur en montrant le haut gobelet de carton d'Asuka.

Le silence entre eux fut comblé par le brouhaha des autres élèves en train de commenter leurs premières notes ou de se plaindre au sujet de la montagne de devoirs à faire.

— Qu'est-ce que tu voulais me dire ? murmura Asuka à Cloud.

— Oh rien, dit Cloud. C'est juste que je suis nouveau ici, tu vois, et puis on a commencé à parler... Alors la cafétéria du lycée, ça me semblait le bon endroit.

Cloud regarda Asuka droit dans les yeux. Elle soutint son regard. Ses prunelles brillaient d'une lueur à la fois moqueuse et autre chose qu'Asuka n'arrivait pas à bien déchiffrer. Peut-être que c'était simplement de l'ennui. *Il me trouve ennuyeuse*, se dit Asuka. *C'est sûr. Comment ça pourrait être autrement ? Mais on ne donne pas des rendez-vous à des gens qu'on trouve ennuyeux, si ?*

— On pourrait parler du Renjirô, dit Cloud, mais sur le chemin entre la salle, ton balai et la cafétéria, j'ai eu une autre idée.

Asuka remua son café pour mélanger le caramel.

— Dis-la, ton idée !

— C'est au sujet du club de dessin.

Cloud prit le temps de boire une gorgée et de jeter un œil par-dessus son gobelet en direction d'Asuka. Elle demeura silencieuse et attendait la suite.

— Je ne sais pas ce qui s'est passé, dit Cloud, mais tout ce que je sais, c'est qu'elles se sont mises à travailler seulement deux jours avant d'envoyer les fichiers à l'impression. Et il faut voir le résultat. Ce n'est clairement pas au niveau, on dirait... Un journal d'école primaire ! Je n'imagine pas si ça sort. Ce que les gens vont en dire.

Asuka but une gorgée à son tour et observa Cloud en reposant son gobelet avec délicatesse sur la serviette de papier carrée.

— Ce n'est pas vraiment mon problème, dit-elle. Je ne fais pas partie de ce club.

— Mais tu as vraiment envie d'en faire partie, répliqua Cloud. N'est-ce pas ?

— C'est de l'histoire ancienne. Maintenant, je balaie.

— Attends, dit Cloud, tu devrais quand même jeter un œil à l'histoire qu'elles ont écrite... Celle qui paraîtra en une.

— Pourquoi, dit Asuka, elle vaut le détour ?

— Oh non, répondit Cloud, elle ne vaut *pas* le détour. Justement ! Ce que tu dessines mérite onze fois plus d'être en une de ce numéro.

— Onze fois plus, dit Asuka, c'est précis. Qu'est-ce que tu en sais ?

— J'ai vu ton dessin.

— Mais c'était un seul dessin !

Cloud eut un sourire gêné et la regarda franchement dans les yeux.

— Justement… Il m'a suffi d'un dessin pour savoir que c'était *vraiment* bon.

Asuka secoua légèrement la tête.

— J'ai peut-être de bons dessins, mais pas de bonnes histoires.

— Ton 4-cases était une bonne histoire. Sans paroles, mais on comprenait tout juste en regardant ! Le numéro qui sort lundi sera une catastrophe, comparé à ça…

— Écoute, je jetterai un œil à ce massacre, comme tu sembles le croire, lundi. Si ça se trouve, tu es injuste et c'est mieux que prévu.

— Tu aurais dû faire partie de ce club, répliqua Cloud.

— C'est du passé.

— Mais c'est dommage !

— Mais c'est surtout ma faute… !

— Ça, dit Cloud en plissant les yeux, c'est un vrai débat. Tu t'es juste levée au mauvais moment.

— Ça ne se fait pas, c'est tout. Je suis sortie de la règle. D'une certaine façon, c'est bien fait pour moi, et j'apprendrai de cette erreur.

— J'ai autre chose à te proposer, dit Cloud le visage soudain fermé.

Asuka nota ce changement et se dit que c'était soit à cause de la peur qu'elle refuse, soit à cause de la concentration. Il retourna son propre ticket de caisse et griffonna quelques lignes dessus. *Est-ce qu'il me propose un rendez-vous ?* se dit-elle, troublée. Elle détourna la tête, l'œil capté par l'écran plat. Puis il fit glisser le ticket sur le comptoir pour qu'elle l'attrape. Les yeux fixés sur la télé accrochée au-dessus d'eux, Asuka prit le ticket couvert d'une écriture fine et serrée et but une gorgée.

Elle dut relire deux fois pour être sûre d'avoir bien compris, et elle ne put s'empêcher de tourner la tête pour regarder Cloud droit dans les yeux.

— Sérieusement ? lui dit-elle.

Lui aussi but une gorgée et fixa intensément l'écran qui débitait de l'info en continu.

— Sérieusement, dit Cloud. Qu'est-ce que tu en penses ?

— Est-ce que c'est faisable, déjà ?

— Oui.

— Et facile ?

— Je pense que oui.

— Et légal ?

— Je ne sais pas.

— Et pourquoi je ferais ça avec toi ?

— Je ne sais pas non plus. Je ne peux pas décider à ta place.

Asuka attrapa le Teiko dans la poche intérieure de sa veste et le fit tourner entre ses doigts. Cloud détourna son regard de l'écran et plissa les yeux en la voyant faire.

— C'est le stylo qui ne plaisait pas à Matsuda ?

— C'est ça, dit Asuka. C'est un roller. Je m'en sers pour dessiner.

— C'est avec ça que tu as dessiné ton 4-cases ?

— Exactement.

— Fais voir ?

Elle réfléchit un court instant et referma les doigts sur le Teiko.

— Je n'ai pas très envie…

— Bon, fit Cloud. C'est le tien maintenant, après tout. Je veux dire…

Asuka baissa les yeux sur *son* Teiko et les remonta sur Cloud en haussant très légèrement les sourcils.

— Quoi ?

— Rien, soupira-t-il. Je ne suis pas doué pour parler, on dirait. Alors… Qu'est-ce que tu décides ? Qu'est-ce que tu en penses ?

Asuka pensa à son frère qui lui parlait de faire des choix. Il y avait là une nouvelle croisée des chemins. Sur ce petit papier, l'idée de Cloud avait l'air simple, séduisante, efficace, excitante.

— Je… J'en pense bien, dit Asuka en reprenant une expression qu'elle disait tout le temps quand elle était petite.

Et en relisant ce qu'il avait écrit sur le ticket de caisse, elle souligna le jour et l'heure du rendez-vous, dessina une horloge et une tête de fille ravie qui levait le poing et criait « OK ! » en lettres européennes. Elle retourna le papier entre ses doigts et le tendit à Cloud qui le mit dans sa poche sans le lire, sans un mot. Il regardait à présent la télé. Elle leva les yeux elle aussi. Sur l'écran, un bandeau rouge défilait à présent. « Dernière minute : un corps retrouvé sans vie dans le quartier de Minato-ku. » Et la tête des deux présentateurs des nouvelles de l'après-midi apparut.

— C'est une information que nous pouvons vous confirmer en direct, dit le présentateur. Et au sujet du corps retrouvé dans le district ouest, nous appelons à présent Maya Kobayashi, dépêchée sur place. Maya, vous m'entendez ?

— Oui, Asami Miura, je vous entends parfaitement.

L'écran venait de se scinder en deux. Maya Kobayashi avait l'air visiblement essoufflée.

— Il s'agit d'une femme, reprit-elle. Une femme dont les vêtements sont en mauvais état. À proprement parler, on ne peut pas dire qu'ils aient été arrachés, mais on a retrouvé des marques de lacérations sur le corps, comme si de profondes griffures avaient entaillé les vêtements puis la peau.

— La police est sur place ? s'enquit Miura.

— Oui, je vous le confirme, répondit Maya Kobayashi. Ils viennent d'établir le cordon de sécurité. On ne peut plus accéder aux lieux du crime, mais j'ai pu voir le corps avant l'arrivée de la police.

— Vous confirmez qu'il s'agit d'une jeune femme ?

— Oui, je dirais 20, 21 ans. Une très jeune femme.

— Vous confirmez également que cette jeune femme est décédée ?

Maya Kobayashi était à présent extrêmement pâle.

— Oui, je vous le confirme. Il y avait des traces de sang partout. Je... ne sais pas... comment on peut être encore vivant après avoir perdu autant de sang.

Et soudain elle sortit du champ de la caméra. Asami Miura eut l'air embarrassé et fronça les sourcils.

— Dans le cadre de cette affaire, dit-il, la tension monte d'un cran. Jusqu'ici, les personnes concernées par ces agressions ont été retrouvées vivantes. Mais cette fois, on dirait bien qu'il y a eu un mort. La police doit prendre désormais l'affaire plus au sérieux. Plus d'informations dans quelques instants, et notre enquête sur le prix des légumes en provenance de Fukushima ; moins chers qu'ailleurs, ils envahissent nos étals de marchés. Mais sont-ils vraiment bourrés de radiations ? Doit-on soutenir les producteurs des environs en achetant leurs produits mauvais pour la santé... ?

L'émission coupa, remplacée par une publicité pour *Monster Hunter: World* dans laquelle un gars sautait sur place en plein milieu d'un quai de métro en poussant des cris. Il se prenait à l'évidence pour un dragon. Asuka tourna la tête vers Cloud, s'apprêtant à lui dire qu'elle était au courant pour cette affaire depuis le début grâce à son père qui travaillait à l'hôpital ; mais Cloud avait disparu. Il n'avait bu que la moitié de son café, et Asuka ne savait pas si c'était bon ou mauvais signe.

Elle sortit un bloc-notes pour se donner une contenance et entreprit de dessiner le comptoir du bar où étaient accoudés de nombreux élèves, la plupart d'entre eux le masque baissé pour boire leur soda avec une paille. *Peut-être que je pourrais en tirer un 4-cases ? Un 4-cases où la dernière serait le gobelet de Cloud et sa place vide… ?* Le Teiko grattait le papier, le comptoir prenait vie. Elle rajouta quelques ombrages ; les ombrages, ça impressionne toujours. Les élèves avaient baissé d'un ton pour suivre les infos, mais ils avaient à nouveau repris leurs conversations enjouées. Au moment où Asuka relevait la tête pour capter l'ambiance à l'extrémité du comptoir, la porte s'ouvrit et elle aperçut Aoki qui faisait son entrée. Asuka remit son masque. Elle n'avait pas spécialement envie d'être reconnue ; mais aussitôt elle dut retenir une exclamation, car Aoki était suivie de près par Hina.

19. AVEC HINA

— Hé ! dit Hina, mais c'est toi ! Qu'est-ce que tu fais ici ?

Asuka referma son bloc-notes et fit disparaître le Teiko dans sa poche de veste.

— Euh, dit-elle, comme tout le monde… Je suis venue prendre un café après les cours.

— Toute seule ? dit Aoki en examinant Asuka de haut en bas.

Asuka se contenta de la regarder en clignant des yeux, faisant mine de ne pas comprendre sa question.

— Elle a raison, dit Hina en riant, tu as un amoureux secret ? Il faut que tu nous le présentes !

Asuka secoua la tête avec un sourire contraint. Hina essayait de l'attirer dans son monde.

— Ah, dit Hina à Aoki, Asuka a toujours été du genre solitaire !

Pas vraiment, se dit Asuka, *en tout cas pas avant.* Mais il lui semblait impossible de dire les choses aussi crûment à la fille qui avait partagé avec elle chaque heure des trois années précédentes.

— Vous sortez du club ? répondit Asuka d'une voix aussi timide que possible.

Aoki la toisa avec une lueur moqueuse dans les yeux. Elle au moins, elle ne se gênait pas pour montrer ses sentiments. Asuka se demanda si elle devait l'envier ; elle se demanda ce que ça ferait de saisir le Teiko pointu comme un croc de serpent et de lui enfoncer dans l'œil. Pour lui apprendre. Mais Hina dit d'une voix joyeuse :

— Oui ! On vient de finir le bouclage… C'était chaud ! Je suis habituée à la pression, mais là c'était vraiment quelque chose. Enfin, je suis assez contente du résultat ! Hein ? dit-elle à Aoki. Je crois qu'on a fait du bon travail !

Aoki eut un petit rire.

— On peut mieux faire. On fera même mieux la fois prochaine, c'est certain. Mais pour des juniors, je crois bien qu'on a défoncé les scores.

— Hé, dit une élève de Terminale. Bougez de là, vous êtes dans le passage !

Aoki fronça les sourcils et serra les poings, mais Hina chuchota :

— Elle a raison, et puis ça n'a pas de sens de parler de tout ça en plein milieu du passage. Venez les filles ! On se prend une banquette ? Vous voulez un thé ?

— Je ne vois pas ce que… dit Aoki en se tournant vers Hina. Enfin, si ça peut te faire plaisir…

Asuka aurait pu protester, dire qu'elle n'avait pas le temps et que ça ne lui disait rien de parler en présence d'Aoki, cette fille qui rendait Hina si joyeuse, beaucoup moins sérieuse que lorsqu'elle lui parlait à elle, beaucoup plus désirable. Ça lui donna un peu envie de pleurer, mais elle devait devenir plus forte que ça. Elle avait même une idée précise de ce qu'il fallait faire.

— Le numéro sort quand ? dit-elle, une fois qu'elles eurent trouvé une place.

— Je vais chercher du thé, dit Aoki d'une voix sèche. Tu aimes le matcha d'Hokkaido ?

Asuka n'aimait pas particulièrement le matcha, mais elle eut un discret hochement de tête.

— C'est vraiment une fille super, lui confia Hina. On vient souvent prendre un thé ici après les cours. Tu peux te joindre à nous si tu veux ! Sinon, le numéro sort lundi. Oh là là, je peux pas résister... Il faut que je te montre la maquette !

— Je veux bien ! dit Asuka, la voix aussi enjouée que possible.

Hina sortit son téléphone et chargea plusieurs documents qu'elle montra à Asuka.

— Je peux pas te montrer ce qu'on a dessiné, c'est classé secret industriel, mais la mise en page donne ça. Tu en penses quoi ?

Asuka parcourut les fichiers. On ne voyait que la disposition des pages, impossible de déchiffrer ce qui était écrit. Vu comme ça, ça ressemblait bien à du travail de pro. Elle prit le temps d'examiner la mise en page pour retenir un maximum d'informations.

— Oh, dit-elle. J'ai hâte de lire ça !

Hina dit très vite à voix basse :

— Je suis vraiment désolée que tu ne sois pas avec nous. Au club, je veux dire. Vraiment.

Aoki posa les trois gobelets de thé sur la table. Asuka ne l'avait pas entendue arriver, mais elle comprenait maintenant pourquoi Hina avait parlé à toute vitesse.

— Tu es le genre à ne parler que de dessin, c'est ça ? dit Aoki à Asuka.

Elle s'installa à son tour. Toutes trois se regardèrent en silence en buvant une gorgée de thé.

— Mmh, c'est bon ! dit Hina en fermant les yeux avec un sourire.

Asuka était plutôt d'accord avec elle, comme presque toujours. Aoki reposa son gobelet.

— Tu as vu la maquette, alors ? dit-elle à Asuka.

— Oh, rapidement, répondit celle-ci. Ça a l'air bien.

— Ça a l'air ?

— Je veux dire, vous avez fait du bon travail.

Le mot « bon », s'aperçut Asuka, était mal sorti de sa bouche ; en fait, personne ne l'avait réellement entendu. *« Vous avez fait du travail » ne veut rien dire*, se dit-elle, *en tout cas rien de plaisant*. Elle rougit ; Aoki fronça légèrement les sourcils. Quant à Hina, elle se leva de la banquette.

— Je dois aller aux toilettes, dit-elle.

Aoki et Asuka restèrent l'une en face de l'autre un moment sans parler. Une question brûlait les lèvres d'Asuka, quelque chose comme : « Alors comme ça, toi et Cloud… ? » Ou : « Tu penses *vraiment* que Cloud et toi… ? » Mais elle était polie, et remplaça ces remarques indiscrètes par :

— Tu es nouvelle à Osaka ?

— Pourquoi ? rétorqua Aoki.

— Eh bien, ton accent, dit gentiment Asuka. Il est un peu différent.

— Pas comme votre accent du Kansai, tu veux dire ?

Asuka essayait ; mais cette fille avait le don de la mettre mal à l'aise. *Kii-warui**, pensa-t-elle avec son « accent du Kansai ». Elle toussota.

— Donc tu es nouvelle ? reprit-elle. Tu es arrivée récemment ? J'espère que ton déménagement s'est bien passé. Ça ne doit pas être facile de laisser ses amis derrière soi… Si tu veux Hina et moi, on…

— Je suis arrivée cet été, dit Aoki. Non, ça n'a pas été facile. Mais heureusement j'ai rencontré des filles sympas dès mon arrivée.

Elle but une gorgée de thé et fit la grimace.

— Par contre chez moi le thé était de meilleure qualité.

— Oh, ça doit être celui de la cafétéria, dit Asuka avec un faible sourire. On a une bonne adresse de café avec Hina… Le Gokan… Il y a aussi le Moto… On pourra…

— Tu fais toujours tout avec Hina ?

Aoki avait dit ça d'un air plutôt indifférent, mais Asuka se sentit blessée.

— Le Gokan, on y est allées il y a deux jours, dit Aoki. Et c'est vrai que c'était pas mal.

Elle porta le gobelet de thé à ses lèvres et, se ravisant soudain, elle le reposa sans en boire davantage. Asuka baissa les yeux sur son propre thé. Elle avait presque tout bu. Ce qui voulait dire, devina-t-elle, qu'elle n'avait probablement aucun goût aux yeux d'Aoki.

— Tu as entendu parler de l'île de Seshima ? dit brusquement Aoki.

Asuka releva la tête et la regarda droit dans les yeux, refusant de comprendre ce qu'elle voulait dire par là. Aoki lui souriait à présent, un sourire un peu plat de la bouche, et ses yeux qu'elle trouva froids. Asuka en eut un frisson, et malgré tout elle but la fin de son thé, au moins pour avoir quelque chose à faire. Elle s'apprêtait à cuisiner davantage Aoki, mais Hina – lumineuse, enjouée et tout sourire – revint à la table.

— Bon, maintenant j'espère que vous avez fait connaissance ! On va se promener un peu ? Vous en dites quoi ?

Asuka se leva, et avec un léger salut de la tête :

— Non. *Gomen**. J'ai des choses à faire.

Les lèvres d'Hina formèrent un o de surprise. Aoki se contenta de lever ses grands yeux innocents sur Asuka.

— Eh bien, articula-t-elle. Bonne soirée.

Asuka sentit son regard lui piquer la nuque pendant tout le chemin qui la conduisit à la sortie.

20. SOLO LEVELING

Par la fenêtre, vendredi soir était en train de décliner lentement.

Des 4-cases, Asuka était capable d'en dessiner, et si elle avait dû réduire son vendredi soir en quatre cases, voici ce qui serait apparu sur la feuille :

La chambre d'Asuka.

Le mur d'Asuka :
la lettre d'inscription au Renjirô
et une phrase de mangaka
avec le mot *Courage !* écrit en gros.

Le bureau d'Asuka :
une feuille blanche,
une main tenant le Teiko au-dessus de la feuille
mais incapable de poser la mine dessus.

La tête d'Asuka :
sourcils froncés, une grosse goutte de sueur sur la tempe,
une bulle blanche au-dessus d'elle
avec un gribouillis impossible à démêler.

Asuka ne savait pas par où commencer. Quand on ne sait pas par où commencer, on se raccroche à des routines. C'est rassurant. Il lui fallait donc une routine. Elle n'avait jamais pris l'habitude de réfléchir à des scénarios, mais elle avait entendu des interviews, elle savait que c'était une sorte d'habitude à prendre. Qu'elle devait accoutumer son cerveau à produire de la fiction. Et pour être claire, elle sentait que des tas d'idées étaient sur le point d'éclore en ce moment. Les premiers jours du lycée avaient été plus riches que toutes ses années de collège, en tout cas c'est ainsi qu'elle voyait les choses. *À ce compte-là*, se disait-elle, *moi aussi je peux devenir scénariste ; il n'y a qu'à s'inspirer de ce qu'on a sous la main*. Mais de quoi exactement ? Les options étaient nombreuses. Reprendre *La Légende des Trois Îles* ? Pourquoi pas ; mais ne serait-ce pas trahir Hina ? D'un autre côté, Hina ne l'avait-elle pas déjà trahie ? Il y avait un meilleur moyen de lui rendre la monnaie de sa pièce, cependant, grâce à l'idée de Cloud. Et puis Asuka aussi avait grandi en trois jours. *La Légende des Trois Îles*, c'était peut-être un truc de bébé, après tout. Écrire une histoire de filles ? Un shōjo* ?

Oh, Asuka avait une bonne idée pour ça : c'est l'histoire de deux amies qui entrent au lycée. L'une embarque à bord, l'autre reste à se débattre dans les vagues et *personne* ne lui envoie de bouée de secours. Génial, non ? Elle soupira et gribouilla une toile d'araignée sur la feuille qui traînait sur son bureau. Non, non, ce qui lui plaisait, c'était le shōnen. Des histoires où il y avait de l'action, pas seulement des trucs psychologiques. Pas comme maintenant.

Les filles retrouvées sur les docks.

Un fait divers, dans certaines conditions, pouvait fournir l'ossature d'une histoire, mais il fallait inventer tous les personnages, les aventures, les détails, les énigmes. Tout. C'était vertigineux. Par où commencer ? La mine du Teiko perça la feuille et alors elle eut une autre idée. Elle savait que poireauter devant une feuille blanche ne donnait rien. Ce n'est pas en fixant du vide que les idées viennent. Ce qu'il faut, c'est *planter* l'idée. Après, elle se met à pousser toute seule, si on est assez patient pour ça. Mais Asuka manquait de temps. Elle avait cinq mois pour rendre un one-shot complet. Cinq mois, pas un an. Elle s'agrippa des deux mains au rebord de son bureau et serra les dents, examinant l'encre qui coulait du Teiko sur la page comme un réseau de veines noircies.

Cette histoire de filles et de docks, déjà. C'était peut-être une bonne idée. Ça *deviendrait* une bonne idée si elle en faisait quelque chose. Sinon ça resterait une ligne sur une feuille blanche, pour toujours. Elle écrivit donc :

Des filles sont retrouvées mortes dans le quartier des docks.

Puis :

Pourquoi ?
Qui a fait ça ?
Est-ce que quelqu'un a fait ça ?
Est-ce que quelque chose a fait ça ?

Puis :

C'est toujours aux filles que ça arrive.
Beaucoup de sang.
Un flic dit : Elle devait avoir des règles abondantes quand c'est arrivé. + Rires gras des autres flics.
Dessiner un entrepôt.
Dessiner un silo.
Dessiner une grue de déchargement et la grande roue.

Ça commençait à devenir intéressant. Les images affluaient. Juxtaposées, les images pouvaient raconter une histoire. Il n'y a pas de hasard. En tout cas, ordonner les images revenait à dire qu'il y a un ordre aux choses. Une succession ; un événement en entraîne un autre. Une image en entraîne une autre. Et ainsi de suite.

La grue et la grande roue sont faites du même métal.

Non loin de la grande roue où les gens s'amusent, on a trouvé des cadavres. Le cerveau d'Asuka fonctionnait à plus haut régime maintenant. Elle poursuivit son travail d'association d'idées :

La ville s'inquiète au bout de trois cadavres.
Les journaux en parlent et parlent d'autre chose.
Un concours de pâtisserie.
Des images du fleuve puis de la mer.
Le vendeur de mochis.
Un mochi blanc.
Un œil révulsé.

Puis elle souligna :

La police manque de pistes.
La police n'arrive pas à sortir de ses schémas habituels.

Donc :

Quelqu'un d'autre doit enquêter.

Puis elle souligna trois fois :

Qui ?

Alors elle recula sa chaise de bureau. Elle n'avait pas dessiné, cette fois, mais elle avait planté l'idée. Et maintenant il fallait absolument faire autre chose. Autre chose qui n'avait rien à voir avec le dessin ou l'écriture, parce qu'elle savait qu'elle tournerait en rond si elle continuait à aligner des mots sur la feuille blanche ou à griffonner des visages. Elle soupira longuement et se massa les tempes. Si elle avait fait de la boxe, elle se serait offert une petite séance de sac de frappe en récompense. Elle avait encore de l'énergie à dépenser et aucune envie de se détendre. C'est alors qu'elle se souvint de *Solo Leveling*.

Comme tous les élèves de son âge, elle avait lu les premiers chapitres sur son téléphone jusqu'au moment où ça devenait payant. Un truc au moins avait retenu son intérêt : la quête journalière. Dans *Solo Leveling*, le héros meurt au tout début de l'histoire et se réveille à l'hôpital bien vivant. Quelqu'un lui a donné une seconde chance pour vivre. Mais il doit mériter cette chance, et il se retrouve confronté à une série de tâches obligatoires, les quêtes journalières. S'il n'accomplit pas les tâches qu'on lui « propose », il se retrouve envoyé dans un sous-niveau où il peut mourir bouffé par un mille-pattes géant. Étrange, hein ? Asuka se souvenait de ces quêtes, intitulées « La Voie de la puissance » : 100 pompes par jour. 100 abdos par jour. 100 flexions. Un running de 10 kilomètres. Asuka attrapa une seconde feuille blanche et recopia ces quatre lignes. Puis elle barra les flexions parce que les flexions, décidément, ça ne lui disait rien, et écrivit à la place : 10 visages par jour. 10 éléments de décor. 10 lignes par jour.

10 lignes de scénario.

Ça, elle venait tout juste de le faire. Elle se leva brusquement de sa chaise, les joues en feu, la tête sur le point d'exploser. Elle alla dans l'entrée, ouvrit le placard réservé aux affaires de sport. Elle n'avait pas couru depuis six mois au moins, mais ses baskets lui allaient encore. Elle les enfila et serra la capuche de son hoodie. Elle descendit les escaliers de la résidence et se retrouva dans la rue.

Elle déclencha l'appli santé de son téléphone et commença son running. Et même si elle savait qu'elle ne tiendrait pas longtemps, elle ne tarda pas à accélérer la cadence.

Elle n'était pas la seule à courir dans ces rues, mais elle, au moins, elle savait pourquoi elle courait. Pour checker la case « courir dix kilomètres » et cette foutue quête journalière.

Pour réfléchir aussi. À ce que lui avait proposé Cloud. Sous certains angles, c'était une mauvaise idée, une idée folle. Sous d'autres angles, c'était une idée inouïe. *Romanesque*.

Dans le soleil vacillant, les bulles blanches des réverbères s'allumèrent l'une après l'autre. Elle prit la direction du quartier portuaire. Il y avait des pistes piétonnes là-bas. C'était le bon endroit pour courir. Déjà essoufflée, elle vérifia son téléphone.

Il lui restait un peu moins de neuf kilomètres.

Elle acheva sa course sur la digue où était amarrée la barque de l'oncle d'Hina. La barque était là, attachée au ponton. Le vent chargé de sel lui caressa le visage. Elle avait tant couru qu'elle ne sentait plus le froid.

On entendait un ronronnement lointain, des grues qui pivotaient en déchargeant des containers, des cliquetis métalliques, le signal sonore d'engins de chantier en train de reculer. Ici, il n'y avait pas de réverbères, mais quelqu'un avait suspendu deux lanternes de papier à un poteau de bois. À l'intérieur, les bougies faisaient une douce lumière. Asuka détourna le regard et se concentra sur l'île de Seshima, au large. Le promontoire dessinait sa masse sombre dans la tombée du soir. Bien entendu, Asuka songea à Hina. Elle s'efforçait de reprendre son souffle et se prit à penser que ce serait magique si Hina apparaissait devant elle pour lui proposer un tour en bateau. La nuit gagnait du terrain, mais elles prendraient les deux lanternes pour se rassurer.

Elle se redressa en entendant des voix résonner à l'autre bout du quai, des voix fortes et joyeuses. Deux silhouettes surgirent, se dirigeant par ici. Asuka attendit, les poings sur les hanches, et soudain elle crut que son cœur allait s'arrêter de battre et elle eut envie de se cacher.

Elle venait de reconnaître Hina. *Étrange*, lui dit une petite voix, *comme tu désirais qu'elle soit là, et maintenant non* ; car Hina n'était pas seule. Elle était accompagnée d'Aoki.

Il n'y avait nulle part où se cacher. Le ponton était un cul-de-sac ; Asuka aurait pu sauter dans la barque et attendre en silence, mais elle n'en eut pas la force. Elle devina aussi que les deux filles étaient précisément là pour la barque. Elle aurait pu simplement partir, mais avant qu'elle prenne sa décision, elles étaient devant elle.

— Je t'ai reconnue de loin, dit Hina.

— Moi aussi, dit Asuka.

Le souffle du vent souligna le silence qui tomba entre elles, brisé par Aoki.

— Elle vient aussi en promenade ? dit-elle à Hina en montrant Asuka du pouce. Tu ne m'as pas prévenue !

Hina secoua la tête et regarda Asuka, l'air affolée.

— J'ai couru jusqu'ici, dit Asuka du ton le plus léger possible. Mais maintenant je vais rentrer chez moi. J'ai encore du chemin à faire…

Aoki avait déjà décroché les deux lanternes et ne prêtait plus attention à Asuka.

— Attends… dit Hina.

Mais Asuka tourna les talons avec un petit geste de la main et un sourire tremblant, retenant des larmes involontaires. Bien sûr, ce qui arrivait était presque logique. Hina avait-elle demandé la permission à sa mère ? Son oncle était-il au courant qu'elle comptait emprunter la barque pour une, comment l'autre avait-elle dit déjà, « promenade » ? Un regard en arrière lui confirma que les deux filles étaient en train de descendre l'échelle qui menait à l'embarcation. Hina piétinait toutes les règles. Oh, elle ne voulait probablement pas faire souffrir Asuka, elles s'étaient retrouvées là par hasard ; mais en examinant bien les choses, était-ce vraiment un hasard ? En courant à basse vitesse, elle sentit peu à peu que sa tristesse se transformait en colère. Et la colère se déployait.

Une fois dans sa chambre, elle dégagea son bureau d'un coup de bras rageur et étala une feuille B4[1]. Puis elle saisit son Teiko, ferma les yeux et le fit rouler entre ses mains comme pour une prière. Elle se mit alors au travail. Tracer la ligne d'horizon et le profil de l'île de Seshima ne lui prit qu'une minute. Ce fut au tour des nuages, qu'elle noircit à l'encre d'un mouvement rageur. Quelques larmes tombèrent sur le papier ; elle s'en servit pour délayer l'encre, l'étaler avec le tranchant de la main. En s'essuyant les yeux, elle macula son visage de noir. Un vent de tempête se levait sur Seshima. Elle traça une trame diagonale à fins coups de plume : la pluie. Elle rajouta encore de l'encre. Une bouteille contenait du sable sur son étagère : elle renversa le contenu sur la feuille et pila le sable à coups de poing, donnant une texture de grêle au vent. Elle rajouta encore de l'encre. Une lame de cutter lui servit à tailler un éclair blanc dans l'épaisseur du papier, qui traversait l'île de part en part. Elle rajouta encore de l'encre. Et quand elle eut fini, la feuille était noire.

Mais ce n'est pas encore assez, se dit Asuka. *J'ai besoin de plus de feuilles. Et d'encre. Encore de l'encre.*

---

1. Format de feuille utilisé par les mangakas (25 × 35,3 cm).

21. HEURES SUPP'

De retour de son service de nuit, Seiko Sotaro accrochait la veste de son uniforme dans son casier lorsque Hashi, l'agent d'accueil, rentra comme une bombe dans le vestiaire.

— Désolé lieutenant, mais le chef demande à ce que vous vous rendiez à Minato-ku.

— Je ne suis plus en service, Hashi.

Seiko regretta aussitôt ces paroles, sorties de sa bouche en guise de protection. Minato-ku ? C'était bien l'endroit où on avait retrouvé une fille la... veille, non ?

— Désolé lieutenant, mais vous êtes le seul officier présent au poste. C'est un ordre d'en haut...

Seiko arrêta son geste. Sa veste était presque sur le cintre, mais pas tout à fait.

— Quand je te dis que je ne suis plus en service, Hashi, c'est simplement un fait. Ça ne veut pas dire que je refuse d'écouter ce que tu as à me dire. Au fait, on dit « officière ». Et puis, « un ordre d'en haut » est un pléonasme.

Hashi eut l'air interloqué, fronça les sourcils pour réfléchir puis reprit contenance.

— Désolé lieutenant, ils m'ont dit que c'était urgent. Une voiture vous attend.

Seiko récupéra sa veste et en lissa les pans qui s'étaient froissés la nuit dernière au cours d'une bagarre dans un restaurant de nouilles.

— Tu peux me récupérer un café, Hashi ? Je n'ai pas encore dormi.

— Oui lieutenant. Et au fait, lieutenant…

Le lieutenant Seiko Sotaro leva des yeux fatigués mais calmes sur l'agent d'accueil.

— Oui ?

— Je suis désolé.

Dans la voiture, Seiko ne dit pas grand-chose et se contenta d'envoyer un message à son mari pour lui indiquer qu'il lui restait une affaire à régler avant de rentrer. Les deux flics assis devant ne parlaient pas non plus. La radio interne lui apprit qu'ils se rendaient au pied d'un bâtiment de la Nippon Steel, un hangar immense dans le quartier portuaire de Minato. La Subaru des flics roulait à toute vitesse, se frayant un passage à travers le trafic à coups de gyrophare. Puis ils quittèrent les boulevards et s'engagèrent à l'ombre des cuves à essence et des grues de Minato. Les politiques avaient essayé d'apprivoiser le quartier en créant des pistes cyclables et des circuits de running, mais courir à côté de piles de containers, ça ne donne tout de même pas confiance. Ils coupèrent le moteur à proximité du hangar.

— C'est là-bas, dit l'un des policiers en montrant une étendue de béton plongée dans l'ombre. Les journalistes sont déjà sur place. Comme la dernière fois.

Mais que fait la police ? se demanda Seiko. Comment ça se faisait que les journalistes étaient prévenus avant les flics ? Ce monde fonctionnait à l'envers. Dans l'ombre, elle aperçut une mince silhouette qu'elle prit pour une écolière, puis elle reconnut Kobayashi, la fille de la télévision. Elle se détendit. Elle l'avait déjà rencontrée.

— C'est vous qui avez appelé la police ? lui dit-elle.

La journaliste fit un petit mouvement de tête. Seiko nota qu'elle était blanche.

— C'est la deuxième fois en deux jours, articula difficilement Maya Kobayashi. Je… le pressentais, alors je suis revenue ici. Je ne pensais pas que ce serait aussi…

La journaliste détourna la tête et regarda dans l'ombre. Alors Seiko vit le corps.

D'un geste, elle intima aux deux policiers derrière elle de rester où ils étaient. Maintenant qu'elle était là, ce corps lui appartenait. Et aussi celui qui avait fait ça. Prenant garde où elle mettait les pieds pour ne pas bousiller la scène de crime, elle approcha du corps et s'accroupit. La fille était allongée visage contre terre, de sorte qu'on ne pouvait pas facilement lui donner d'âge, mais la simple vue de ses mains lui faisait dire qu'elle était assez jeune, probablement moins de vingt ans. Seiko suivit les traces du regard. Elle était presque certaine que la fille avait été coincée contre le mur du hangar, puis qu'elle avait essayé de ramper pour s'enfuir.

Le sang avait séché sur le béton, en partie seulement. À vue de nez, Seiko pouvait dire que c'était arrivé à la fin de la nuit. Il y avait eu une tempête dans la baie d'Osaka, un sacré coup de vent. La pluie ne s'était calmée que vers quatre heures du matin. Or, le sang aurait dû être rincé par la pluie. C'était donc arrivé après.

— Appelez la médecine légale, dit-elle d'une voix sereine et sans se retourner.

Elle sentit qu'on s'activait derrière elle. Elle sentit aussi que Maya Kobayashi était restée immobile. Seiko releva la tête et examina les alentours. De loin, à l'autre bout du long hangar et dans le soleil, elle vit des gars en vêtements de dockers, les mains sur les hanches. Probablement ceux qui avaient trouvé la fille. *Qui a fait ça ?* était une première question, mais une seconde vint aussitôt à Seiko, et c'était peut-être pour ça qu'on lui avait demandé de venir. *Que faisait cette fille ici ?* Il n'y avait ni porte de ce côté du hangar ni arrêt de tram dans le coin, et on ne demande pas à un taxi de vous déposer au coin des docks. Pas d'école, pas de boîte de nuit. Il vint à l'esprit de Seiko qu'elle avait été poursuivie, mais ça n'était qu'une supposition, et il faut toujours se méfier des suppositions. Elle reporta son regard sur le corps.

La fille ne respirait plus, ou si faiblement que ça n'était pas perceptible, et Seiko sentit son cœur non pas se serrer, mais se rétracter et se durcir. Elle aussi avait une fille, et c'est le genre de chose qui « change la donne », même quand on est flic. Les vêtements avaient été en partie lacérés, ce que déclarerait Maya Kobayashi dans quelques heures à la télévision. On voyait donc la peau à nu par endroits, et sur la peau nue, hormis le sang, Seiko repéra des marques particulières. Elle récupéra son téléphone, régla l'appareil photo en macro et approcha l'objectif de l'une de ces marques. Ça ressemblait à des piqûres. Ou des dents.

— Y a-t-il un chenil dans le coin ? dit-elle lentement.

Derrière elle, quelqu'un tressaillit.

— Cherchez-moi l'info tout de suite, ajouta-t-elle.

Personne ne répondit. On ne répondait pas au lieutenant Seiko, on se contentait de suivre les ordres, comme elle-même l'avait fait tout à l'heure. *Un chenil*, pensa-t-elle, et elle fila cette idée. Car elle avait déjà vu des marques similaires sur un sans-abri dévoré par son propre chien. Des marques de dents.

Cependant, les vêtements n'avaient pas été déchirés par des griffes, cela aussi c'était visible. Le cerveau de Seiko s'était enfin remis en route après cette nuit de merde et la bagarre du restaurant, au cours de laquelle le cuistot avait fini par renverser une marmite de nouilles brûlantes sur la tête d'un client ivre qui avait pincé les fesses de la serveuse. Pas par des griffes, non, mais quelque chose de plus net, comme une lame. Or, les chiens ne sont généralement pas armés de couteaux ou de rasoirs. C'était un homme qui avait fait ça. Un homme, et pas une femme, car 93,3 % des criminels sont des hommes.

Un homme qui avait *mordu* cette jeune femme.

Elle nota dans un coin de son cerveau qu'il faudrait examiner la jeune femme trouvée la veille pour voir si on ne trouverait pas des marques similaires. De morsures. Elle était comme Maya Kobayashi. Elle *pressentait* qu'on retrouverait des marques similaires.

Puis elle se souvint des autres filles. Car il y en avait eu d'autres. Deux autres cas, au moins. Elles devaient être encore à l'hôpital.

Quand elle eut compris ça, l'idée fusa comme un éclair et ce fut dès ce moment que Seiko Sotaro commença à parler du Vampire d'Osaka.

MANGAKA
1.

22. RENT-A-GIRLFRIEND

Il y avait

Il y avait cette fille

Il y avait cette fille qui l'attirait.

Pourquoi ?

Elle l'attirait parce qu'il sentait quelque chose.

Quoi donc ? Des phéromones ? S'aspergeait-elle la poitrine d'un parfum bien particulier avant d'aller en cours ? Quel genre de parfum ? Sur certains sites de vente grand public, il savait qu'on faisait la promotion de parfums pour « attirer les garçons ». Mais ce n'était pas ça.

Et cette fille ne cherchait pas à attirer les garçons.

Si ce n'était pas un parfum, ça pouvait être son regard. Il trouvait qu'elle avait un regard plutôt intéressant. Le genre d'yeux qui, si on s'y penchait de plus près, pouvaient dévoiler un monde inconnu. Bien sûr, quand on dessine aussi bien, il faut forcément un regard spécial ? Mais ce n'était pas uniquement ce qui attirait Cloud.

Que cherchent les garçons chez une fille ? Internet répond instantanément : l'humour. Asuka avait de l'humour, Cloud le savait. Une fois qu'on avait franchi les premières barrières chez elle. Et il appréciait ça, il l'appréciait vraiment. Mais il y avait encore autre chose.

Il y avait ce morceau de bambou. Le truc qu'elle appelait Teiko.

Cloud avait remarqué comment Asuka semblait le caresser, en prendre soin. Elle semblait le considérer comme une chose précieuse. Il y avait aussi cette espèce de fil enroulé autour du Teiko. Mais ce n'était pas un fil. Enroulée autour du Teiko, c'était une boucle de cheveux. Dans une autre vie...

Oui.

Dans une autre vie, Cloud l'avait vu dans d'autres mains que celles d'Asuka.

Il connaissait le Teiko.

23. LES ESPIONS

Le lieu de rendez-vous était la grille sud du parc Naniwa, à un peu moins de deux kilomètres de chez Asuka. Cloud ne lui avait pas donné son adresse, ni elle la sienne. Il avait juste noté son idée en quelques mots. Ces quelques mots avaient occupé le week-end d'Asuka. Pour une fois, elle laissa de côté le scénario pour le concours. Mais ça valait le détour.

Elle prépara attentivement son opération de piratage.

Elle avait schématisé la mise en page et agi en conséquence. Elle avait dessiné et corrigé et dessiné encore jusqu'à remplir douze pages. Elle avait scanné ça et réduit le tout en fichiers numériques. Des heures de travail qui tenaient dans une minuscule clef USB. Pendant ce temps, ses feuillets de QCM de littérature et de maths attendaient bien sagement dans son sac. Après chaque session de dessin, elle était allée courir jusqu'à la jetée. Ça lui faisait du bien.

Lors de son running du samedi, elle vit que la barque avait à nouveau disparu et ça lui serra le cœur. Il y a des siècles, lui semblait-il, Hina et elle passaient le samedi après-midi sur l'île de Seshima. Elle se força à aller plus loin dans son raisonnement : un mot avait été gommé dans cette phrase.

Hina et   passaient le samedi…

— Ne te perds pas, Asu-chan, murmurait-elle. Ne te perds pas…

Elle fit demi-tour et courut plus vite pour rentrer. Pas seulement à cause du crépuscule.

*

Le dimanche soir, le parc fermait tôt, mais ce n'était pas important – car le parc n'était qu'un point de départ, et le but de cette petite expédition était autre chose. Du parc, il leur faudrait encore marcher pendant quelques centaines de mètres à travers les rues de la ville.

— Tu vas où ? lui dit son frère en voyant Asuka décrocher son manteau. Il est tard…

— Je vais voir une copine, dit-elle simplement.

— Hina ? suggéra Sozuke.

— Non.

— C'est fini avec elle ? dit-il avec une forme d'inquiétude.

— Non, répondit encore Asuka. Mais j'ai le droit d'avoir d'autres amis ?

— Bien sûr, dit Sozuke. J'ai toujours pensé que ce n'était pas forcément bon, les amitiés exclusives. Amuse-toi bien.

— On va peut-être manger un morceau en ville, ajouta Asuka. Ne t'en fais pas si je ne rentre pas tout de suite.

— Ils ont annoncé de la pluie… Protège-toi.

Il était sept heures du soir quand elle arriva en vue de la grille sud du parc. Une main dans la poche, elle serrait sa clef USB. La nuit venait de s'installer et la bruine commença à tomber. Cloud était déjà là. Il avait mis son masque hygiénique pour éviter d'attirer l'attention. De toute façon, comme ce côté du parc donnait sur une avenue passante, ce n'était pas quelque chose de surprenant. Asuka mit son masque elle aussi. Elle s'était fait une queue-de-cheval pour ne pas être reconnue à cause de sa coiffure habituelle.

— Hé, dit-il en la voyant. Tu es venue… C'est vraiment bien. Et ça, dit-il en désignant d'un coup de menton sa coiffure, c'est bien aussi !

Asuka s'arrêta et écarquilla les yeux, qui étaient le seul élément de son corps réellement lisible. Cloud haussa les sourcils en signe d'interrogation muette. Asuka inclina brièvement la tête en réponse.

— Je ne sais pas pourquoi tu fais ça, dit-elle. Si tu m'as prise en pitié ou quelque chose dans le genre. Ta pitié, je n'en veux pas. Je veux juste suivre mon chemin, et si tu m'aides, à la limite, tant mieux, même si c'est vrai que ces derniers temps ce n'était pas brillant pour moi côté perspectives. Je ne peux pas dire que je suis reconnaissante de ce que tu fais pour moi, parce qu'après tout je ne t'ai rien demandé. Je ne... t'ai rien demandé non plus pour mes cheveux. Ils sont attachés, ils sont attachés. Ils sont détachés, ils sont détachés. C'est comme ça et je ne crois pas que ça appelle des commentaires. (Tout en prononçant ces mots, Asuka s'aperçut que ça lui faisait plaisir que Cloud ait remarqué sa queue-de-cheval.) Compris... ? Tu n'as pas besoin de répondre, en fin de compte, tu es là et on va faire ce qu'on a à faire, donc, eh bien, allons-y ! Qu'est-ce que tu attends ?

Cloud se gratta la tête en clignant des yeux. Il aurait pu dire qu'il l'entraînait dans cette aventure juste pour un peu d'action, ou pour s'amuser, ou parce qu'il l'aimait bien, mais elle avait dit que ça ne servait à rien de répondre, alors il se contenta de dire :

— Bon, ben... Je vais passer devant. Euh... inutile de montrer qu'on marche ensemble, n'est-ce pas ? On y va.

Ils longèrent la grille sud du parc, traversèrent l'avenue et s'engagèrent dans un quartier aux rues étroites, moins passantes.

La bruine s'était transformée en pluie. Et après un moment où les rares passants avaient fait comme si de rien n'était, ils finirent par ouvrir leurs parapluies. Tout en tâchant de ne pas perdre de vue Cloud, plusieurs questions s'accumulaient en fines couches opaques dans l'esprit d'Asuka, qui avait rassemblé son courage et marchait à présent d'un pas volontaire derrière « le nouveau ». Elle s'efforçait tout de même de creuser quelques aspects de l'affaire. Est-ce que c'était dangereux ? Est-ce qu'ils allaient se faire attraper ? Est-ce que le jeu en valait la chandelle ? Qu'est-ce qu'elle lui trouvait qui avait déclenché chez elle l'impulsion de le suivre dans son « plan » ? Est-ce qu'on peut appeler trois lignes de mots griffonnés sur un ticket de caisse un « plan » ? Ça lui faisait mal au crâne d'y penser.

En même temps, l'idée de Cloud était une idée limpide, et même logique, car oui, même un braquage a une logique. Toutes ces précautions, se cacher, marcher séparément, faisaient dire à Asuka que Cloud appréciait au moins autant qu'elle de jouer aux espions ou aux détectives. Elle avait emporté le Teiko et un carnet : ne jamais perdre l'occasion de réaliser un croquis ou de noter une idée. Elle resserra sa capuche. Cloud poursuivait son chemin les mains dans les poches, les cheveux trempés par la pluie, droit au milieu des passants, s'écartant à peine quand il venait à croiser quelqu'un – juste un petit mouvement de l'épaule. Asuka eut envie de le dessiner. Vu de derrière, il semblait si décidé.

Ils se trouvaient dans une partie de la ville qu'elle ne connaissait absolument pas, et la seule personne à qui elle pouvait se raccrocher était Cloud. C'était un sentiment à la fois agréable et déstabilisant. Les échoppes de nourriture furent remplacées par des enseignes clignotantes indiquant des chambres d'hôtel louches, des vendeurs de matériel informatique de seconde main. Asuka, en regardant par une fenêtre, vit des choses qu'elle n'aurait pas dû voir, et d'ailleurs quelqu'un referma un rideau. L'excitation de faire quelque chose de secret et peut-être interdit se mélangea peu à peu à de l'inquiétude. Et peu à peu, à mesure qu'elle suivait Cloud au fil d'innombrables ruelles remplies de gens dont l'accent ne lui était pas familier, l'inquiétude se renforça. Tout en marchant, elle serrait le Teiko planté dans sa poche, en se disant des choses pour se rassurer, des choses qui n'avaient pas de sens. *Si tu veux réussir ta bande dessinée, si tu veux faire quelque chose d'aussi puissant que par exemple* Berserk *ou* Death Note, *continue de suivre Nakano… ! Tu ne voudrais tout de même pas t'arrêter là, déjà ? Quand on écrit une histoire, il ne faut pas se contenter de petits débuts, de bribes, d'effleurer la surface des choses… Il faut aller au fond. Et ça veut dire quoi, aller au fond ? Ça veut dire vivre des expériences. Ne pas se contenter d'attendre sur une chaise que la vie passe. Les parents passent leur temps à dire ça : « Il faut qu'elle fasse ses expériences. » Ce qu'ils ne savent pas, ce qu'ils n'osent pas soupçonner, c'est quel* genre *d'expérience. Donc, Asuka, si faire de la bande dessinée compte vraiment pour toi, il ne faut pas t'arrêter en chemin. Il faut aller jusqu'au bout. Ça demande du courage. C'est tout.*

Asuka arrêta soudain de rêvasser et releva les yeux, embrumés à cause de la pluie. Cloud s'était arrêté sous l'enseigne rose d'un love hotel. Elle vérifia sa queue-de-cheval et sentit une bouffée de chaleur lui monter au visage en s'imaginant rentrer là-dedans avec lui plutôt que de poursuivre leur chemin. *N'importe quoi !* gloussa-t-elle intérieurement. Mais elle nota que désormais, ce serait bien de laisser un peu plus de place à ce genre de pensée pas désagréable. Elle se dépêcha de le rejoindre. Sans un mot, remontant leurs cols de vestes, ils reprirent leur route.

À ce moment précis, elle constata que les rares gens qu'ils croisaient dans cette ruelle avaient l'air de fuir plutôt que de marcher, une ruelle qui se vidait peu à peu du monde qui l'encombrait, de plus en plus vide, de plus en plus silencieuse. Les « gens du dimanche soir » étaient terrés chez eux à attendre que le lundi rouvre ses mâchoires pour les mastiquer.

Ils atteignirent la fin de la longue ruelle. Quand ils en sortirent, un bâtiment de la taille d'un paquebot et couvert de hautes plaques de béton leur barrait le chemin.

On y est, se dit Asuka en guettant l'accélération de ses battements de cœur.

24. LE MOINS DE MOUVEMENTS POSSIBLE

Le lycée.

À présent la nuit était vraiment tombée et ils avaient éteint les lumières de tous les bâtiments, probablement pour économiser un peu d'argent sur l'électricité. Ils restèrent un moment au seuil de la ruelle, examinant le complexe scolaire. Asuka se dit qu'il ne fallait pas être découragée à l'avance pour ce qu'ils allaient faire, et ça n'était pas facile.

— Il y a sans doute un gardien de nuit, dit-elle à Cloud. On va devoir faire attention.

— Oui, murmura-t-il. On devrait couper le réseau de nos téléphones ; ce serait dommage que quelqu'un appelle et les fasse sonner alors qu'on est en mission.

Son excitation était palpable. Asuka sentit l'adrénaline monter dans ses propres veines.

— Tu as le matériel ? dit Cloud à Asuka.

Elle prit quelque chose dans sa poche et le lui montra. C'était une clef USB.

— Tout est là-dedans.

Il eut un bref hochement de tête.

— Parfait. Allons-y.

Puis il se pencha vers elle.

— Le secret, ajouta-t-il, c'est d'essayer de faire le moins de mouvements possible. Des mouvements efficaces. Mais toi qui dessines, ça doit te parler ?

En quelques secondes, un millier d'heures passées à dessiner des corps en mouvement figés sur la feuille au bon moment défila dans la tête d'Asuka.

— Oui, confirma-t-elle. Comme les ninjas.

— C'est ça, dit Cloud avec une ombre de sourire sur les lèvres.

Asuka avait choisi un legging sombre pour être à l'aise, une veste noire qui descendait jusqu'à ses hanches. Son masque antiparticules était noir lui aussi, ainsi que l'élastique qui retenait ses cheveux. Elle porta la main à son cœur, là où était rengainé le Teiko. Pour l'instant, tout s'était passé comme sur des roulettes ; mais le plus difficile était devant eux.

Ils longèrent un moment la clôture du lycée, une solide grille à piques. Il n'était bien sûr pas question de passer par la grande porte, de se pointer devant et de sonner en disant « c'est nous ! » dans l'interphone. Un peu plus loin, Asuka désigna un portillon à Cloud. Il l'examina.

— Il n'y a pas de serrure, dit-il, en tout cas pas de serrure classique. Par contre, il y a un système à reconnaissance magnétique.

— Tu as ta carte de club sur toi ? Je parie qu'elle permettrait de l'ouvrir.

— Peut-être. Mais si ça ne marche pas, il est possible aussi que le système garde une empreinte de ma carte et enregistre ma tentative ratée. Sincèrement, je crois qu'il vaut mieux ne pas essayer. On va trouver une autre solution.

— Tu y as déjà réfléchi ?

— Oui, confirma Cloud. Il faut marcher encore un peu.

Ils tournèrent au coin de la rue. Asuka en fut aussitôt frappée : il y avait des arbres plantés à intervalles réguliers, de vieux arbres qui avaient défoncé le bitume du trottoir et dont le feuillage se perdait dans l'ombre, au-dessus des réverbères.

— Ils doivent dater d'avant la guerre, murmura Cloud. Tu as vu comme ils sont hauts ?

— Je vois, dit Asuka. Tu veux qu'on escalade ça pour passer de l'autre côté de la grille.

En effet, certaines branches, passant par-dessus la grille à pointes, s'étendaient jusqu'à l'intérieur de l'enceinte du lycée.

— Intéressant, dit Asuka. Seulement, tu as vu comme les troncs sont lisses ? Quand j'étais petite, je grimpais souvent aux arbres avec mon frère. À la campagne, chez mes grands-parents. Mais là, à moins de…

Cloud ouvrit sa veste et lui montra quelque chose qui entourait son épaule.

— C'est de la paracorde, dit-il. Un truc militaire. Tu en trouves dans n'importe quel supermarché. Ça supportera notre poids sans aucun problème.

Puis il lui fit voir un objet accroché à sa ceinture, qu'il déplia.

— Et ça, c'est un grappin de poche. Je l'ai acheté sur Internet pour 6 000 yens.

— Alors on y va, murmura Asuka.

Elle lui prit la paracorde et le grappin des mains et attacha solidement l'un à l'autre, puis lui tendit le matériel.

— Après toi ! dit-elle.

— Euh, d'accord. Il faut bien que quelqu'un passe le premier. Tu te charges de faire le guet ?

Longeant la grille en courant tête baissée pour éviter au maximum d'être éclairés par les réverbères, ils arrivèrent au pied d'un des grands arbres. Cloud fit tournoyer son grappin ; il ne lui fallut que deux essais avant d'accrocher une grosse branche. Il enfila ensuite des gants de cuir.

— Pas envie de me faire scier les mains par la paracorde, grimaça-t-il.

Tandis qu'Asuka montait la garde, il entreprit d'escalader le tronc. Il y avait bien quatre mètres à grimper avant d'atteindre les branches les plus basses, mais Cloud était souple et musclé, et il y fut en une poignée de secondes. Asuka souffla un bon coup avant d'y aller, fronça les sourcils et grimpa à son tour.

— Tu veux que je te hisse avec la corde ? proposa Cloud de tout là-haut.

— Certainement pas, lança Asuka à mi-voix. Tu crois quand même pas que j'ai besoin de ton...

Elle était quasiment arrivée, à bout de souffle et les muscles des cuisses brûlants. Elle se félicita d'avoir enfilé un legging ; elle n'osait pas imaginer ce que ça aurait donné avec un jean. Elle leva la tête pour voir où elle en était. Lorsque Cloud lui tendit la main, elle vit ses grands yeux dans la pénombre. Une fois sur la branche, ils seraient protégés par le compact feuillage d'automne ; la lumière des réverbères n'arrivait que faiblement ici. Asuka attrapa sa main, sentit ses doigts serrer son poignet, et la puissance et la certitude avec lesquelles il l'aidait à grimper la dernière marche. Elle frissonna et conclut, les sourcils toujours froncés :

— ... de ton aide !

— Il n'y a plus qu'à redescendre de l'autre côté, maintenant, souffla Cloud. J'y vais.

Sous eux se trouvaient quelques grosses branches, longues et solides.

— Non, dit Asuka, péremptoire. À mon tour.

— Tu vois comment faire ? s'enquit Cloud. On va récupérer la corde et la faire passer du côté de la grille...

— Sinon on n'arrivera jamais à remonter. C'est logique, chuchota Asuka.

Bientôt, la paracorde enroulée autour du poignet, le grappin dans une main, elle s'accroupit sur la branche, la serrant des deux genoux. Elle s'efforça de ramper tout le long, jusqu'à se trouver juste au-dessus de la grille à pointes. C'était beaucoup plus difficile que ça en avait l'air. Elle était déjà à la moitié de la branche quand elle entendit Cloud toussoter derrière elle.

— Hem, hem !

Asuka s'immobilisa aussitôt, comme empaillée, car elle venait de réaliser dans quelle posture elle était – et la vue que devait avoir Cloud. Elle se maudit d'avoir enfilé un legging et rougit violemment, mais ça, au moins, il ne pouvait pas le voir.

— Asuka... Ne bouge plus ! murmura-t-il. Il y a des gens qui arrivent.

Contractée sur sa branche, Asuka pria pour ne pas tomber. En effet, à l'entrée de la rue par où ils étaient arrivés, deux personnes apparurent. Elle poussa un soupir de soulagement. C'était un couple ; ils parlaient fort et semblaient absorbés dans leur conversation. L'un des hommes ne marchait clairement pas droit. À un moment, il se pencha précipitamment, s'appuya contre la grille du lycée – et pendant que l'autre gars se penchait sur lui pour savoir comment ça allait, il se mit à vomir.

— Quelle horreur ! dit le gars resté en arrière. Tu as encore bu trop de bière allemande !

— Ça va mieux ! dit celui qui venait de se vider l'estomac.

Il avait l'air réjoui.

Ils passèrent sous l'arbre en s'engueulant à moitié. Oui, ça allait mieux, ça allait même bien, car aucun des deux n'avait pensé à lever la tête.

Asuka reprit son avancée en essayant d'appliquer le conseil de Cloud : un minimum de gestes, et se tortiller le moins possible. Puis, ayant regardé des deux côtés de la rue à nouveau déserte, elle s'assura que le grappin était bien accroché à la branche et, s'aidant de la paracorde, elle descendit lentement contre la grille. La corde de nylon lui brûla les mains et la fit grimacer ; elle sauta à terre et courut se cacher derrière l'un des bâtiments, dans l'ombre.

De là, elle vit Cloud ramper à son tour le long de la branche et descendre. Il la rejoignit.

— On y est, murmura Asuka. Et maintenant…

— Maintenant, chuchota-t-il, prudence. Veilleurs de nuit, caméras, on ne sait pas ce qu'ils ont inventé pour surveiller le lycée.

— S'il y a des caméras, dit Asuka en se maudissant de ne pas y avoir pensé plus tôt, on le saura bientôt. Ils ne se gêneront pas pour appeler la police…

— Il faut agir vite, alors, dit Cloud, et son souffle chaud frôla le visage d'Asuka.

— Au contraire, dit-elle. Attendons cinq minutes et réfléchissons. Toi, je ne sais pas, mais moi je n'ai aucune idée de l'endroit où on se trouve. Ce n'est pas la cour principale.

— Je sais où on est, murmura Cloud. On est juste à côté d'une entrée secondaire.

— Ah oui ?

— Oui. Une sorte de porte secrète. C'est un local bourré d'anciens manuels, des armoires pleines sur des dizaines de mètres. Il n'y a qu'à traverser et on est dans le couloir de l'imprimerie.

— Et comment tu connais cette entrée « secrète » ?

— Aoki me l'a montrée.

— Et – Asuka essayait de choisir ses mots, mais avec la tension de la situation, ça n'était pas le plus facile – qu'est-ce que tu faisais dans cet endroit avec Aoki ?

— Euh, rien, dit aussitôt Cloud. Elle voulait trouver un endroit où fumer tranquillement.

— C'est interdit de fumer au lycée !

— Bien sûr... Mais je ne crois pas que ce soit le genre de chose qui l'arrête. Quand elle a envie, elle obtient. En tout cas, elle fait tout pour. C'est tout de même un sacré caractère !

— Oui, grommela Asuka, c'est précisément ce que font les enfants capricieux. Je te signale au passage qu'elle ne t'aurait sûrement pas suivi jusqu'ici. Sur la branche et tout ça.

Cloud étouffa un gloussement, puis il tourna soudain la tête vers Asuka et la fixa, l'air mi-amusé, mi-elle-ne-savait-pas-quoi-exactement, car ce qu'il y avait dans ses yeux ressemblait à du défi.

— C'est sûr. Mais je suis très content d'être là avec toi. Et je voulais te dire, moi, je ne fume pas.

Le cœur d'Asuka accéléra et elle sentit un bloc solide envahir sa gorge.

— Bon, dit-elle après avoir dégluti deux ou trois fois. Elle est où, cette entrée ?

Courbés en deux et profitant de l'ombre projetée au sol par les bâtiments, ils traversèrent la cour et atteignirent enfin un mur où se trouvait une basse porte de métal, comme celles qu'on utilise pour les postes à haute tension.

— C'est là, dit-il.

— Très bien, répondit Asuka, mais ça m'a tout l'air d'être fermé à clef.

— C'est ce qu'on va voir, dit Cloud, l'air résolu.

Il actionna la poignée et tira.

— C'est fermé à clef, confirma Asuka, sardonique.

Cloud se gratta les cheveux.

Il sortit de sa ceinture un truc qui ressemblait dans l'ombre à un long poignard. Cependant, Asuka vit rapidement qu'il s'agissait d'une lime.

— Je vais tirer sur la porte le plus fort possible, dit-il. Tu vas glisser la lime dans la rainure, et tu vas t'en servir comme d'un levier. D'accord ?

— D'accord, murmura Asuka. Tu avais prévu une lime… ?

Question stupide, se dit-elle aussitôt en examinant l'objet qu'elle tenait dans sa main. Le garçon, calant son pied en appui contre le mur, tira sur la poignée de porte. Sous la veste de Cloud, elle vit ses muscles se gonfler et saillir. La porte n'était pas en aluminium, ça devait être une plaque d'acier, et pourtant Asuka la vit s'arquer légèrement au moment où Cloud tira.

— Vas-y, grogna-t-il.

Elle glissa la lime au niveau de la serrure et appuya de toutes ses forces. Il y eut un craquement. Cloud fut emporté par l'ouverture de la porte et tomba à la renverse. Il se redressa sur un coude et regarda Asuka en levant un pouce, avec une grimace. Elle ne répondit pas ; elle contemplait le rectangle noir qui lui faisait face.

Cloud s'était relevé et se tenait maintenant près d'elle.

— C'est sûr que, de nuit, c'est pas la même chose qu'en plein jour.

— Je vais t'embaucher pour écrire mon scénario du Renjirô, murmura Asuka. C'est exactement le genre de réplique qui fait avancer les choses !

— Désolé... !

— C'est rien, ricana-t-elle. On ne va pas rester plantés là !

Et elle s'enfonça dans l'encadrement de la porte qui dégorgeait une ombre plus noire que la nuit.

25. LES INTRUS

Cloud se glissa dans l'ombre à la suite d'Asuka et tira la porte derrière lui en prenant soin de ne pas tout à fait la refermer.

— Tu as ton téléphone ? lui demanda-t-il.

— Aucune envie d'allumer ma torche, murmura-t-elle, si bas qu'il dut se pencher pour entendre ce qu'elle disait. S'il y a vraiment des caméras ici, ils la verront tout de suite. Guide-moi, puisque tu connais cet endroit.

Elle lui prit la main, qu'il serra. Elle sentit sa respiration s'accélérer malgré elle et se colla presque contre lui. *Il n'a pas tenu la main d'Aoki. C'est ma main qu'il tient en ce moment même.* Ils traversèrent la pièce, tâtonnant entre les armoires métalliques. Il la tirait légèrement après lui et elle se laissait faire, le suivant d'aussi près que possible.

Dans le lointain, de l'autre côté des couloirs, ils entendirent un claquement sonore de porte qu'on ouvrait ou qu'on refermait. Cloud s'arrêta ; Asuka lui rentra dedans.

— Chut, chuchota-t-il. On ne bouge plus.

Elle mit un moment à réaliser qu'ils étaient collés l'un contre l'autre, et un autre encore à se décoller de lui.

— Ça doit être le gardien, murmura Asuka.

— Si c'est le cas, on va devoir faire très attention.

— On a déjà fait très attention jusqu'ici.

— À part forcer une porte avec une lime, dit-il sur le même ton. Ou grimper à un arbre avec un grappin. Oui, tu as raison, on a fait très attention.

Elle pouvait le *sentir* sourire ; une goutte de sueur glissa le long de sa joue. C'était à cause de l'emmêlement des émotions… Elle était à nouveau partagée entre son envie de tout à l'heure et ce que lui renvoyait son oreille droite, dressée en direction du bruit, celui de la porte. *On n'est pas venus là pour flirter. Qu'est-ce que tu fabriques, Asu-chan ?*

— On en est à plus de la moitié du chemin, chuchota Cloud. Une fois dans ce couloir, on y sera presque. On ne va pas s'arrêter ici à cause d'un bruit. Ça pourrait être un chat.

— Oui, répondit Asuka. Ça pourrait. Si… Si tu dis qu'on y est presque, alors on continue.

Une fois qu'ils eurent atteint l'autre côté de la pièce, Cloud palpa le mur des deux mains.

— Je l'ai, dit-il enfin d'une voix basse, tremblante d'excitation. C'est la porte qui donne sur le couloir des clubs !

— Si elle est fermée aussi, je ne me vois pas l'attaquer à la lime, vu le boucan. Ça risquerait d'attirer…

Un cliquetis répondit à Asuka.

— C'est ouvert, chuchota Cloud. Tu pourrais… Tu es plus fine que moi… Tu vas te glisser par l'ouverture et regarder s'il y a du monde dans le couloir. Dès que c'est bon, tu me fais signe.

— OK, dit Asuka.

— J'ouvre, dit Cloud.

Et il ouvrit. Elle s'accroupit, sentant contre ses hanches la jambe de Cloud, et glissa la tête par l'ouverture. Elle s'apprêtait à dire à Cloud que la voie était libre quand elle vit le rond blanc d'une lampe électrique se dessiner nettement à l'autre bout du couloir et tourner dans sa direction. Elle rentra la tête aussi vite que possible, gémissant :

— Referme… Vite !

— Qui est là ? fit aussitôt une voix qui résonna dans le couloir. Il y a quelqu'un ?

Les pas accélérèrent. Asuka empoigna Cloud par le bras. Elle sentit qu'il se pressait *presque* contre elle. Il venait de refermer la porte les dents serrées, sans un bruit. Ils allaient devoir improviser.

*

Mura Jinshô appréciait son travail. Et comme il vivait seul, ça ne le dérangeait pas de passer ses soirées à surveiller les innombrables couloirs du lycée Shimizudani. À minuit, il raccrochait sa Maglite, une lampe puissante capable d'éclairer à cent mètres. Un de ses collègues prenait le relais et il allait prendre un verre pour se détendre dans une cantine de minuit du quartier chaud. Après ça, s'il était d'humeur, il allait regarder un spectacle de filles. Et s'il avait de la chance, mais ça n'arrivait pas souvent, il passait encore un peu de temps à parler en tête-à-tête avec l'une d'entre elles.

Jinshô était plutôt ce qu'on appelle un beau garçon. Il venait d'avoir quarante ans, il aurait pu mener une autre vie, mais avoir quelqu'un sur le dos à la maison et des enfants ne lui disait rien. Il préférait laisser ça aux autres et tracer son chemin un peu à l'écart. La Maglite pesait dans sa main. Ça lui rappelait le pistolet mitrailleur de son service militaire, une époque qu'il regrettait parfois. Des fois, il allumait la Maglite. Les soirs où il avait un peu plus peur du noir que de coutume. D'autres fois il aimait mieux marcher dans le noir, car comme il l'avait appris en prison puis à l'armée, dans ce monde, il vaut mieux voir que d'être vu. Ce soir, il se sentait moins bien. Il avait le pressentiment que des trucs se cachaient dans l'ombre, des trucs qui ressemblaient à d'anciens cauchemars. C'était un soir à allumer la Maglite.

Jinshô fit le tour de la cour principale, passant le long des murs et entre les arbres en balayant le sol avec le pinceau de sa lampe-torche. Il marchait d'un bon pas. Il avait calculé que le tour du lycée lui faisait faire dans les onze kilomètres de marche chaque soir. Ça l'entretenait. Rajoutez à ça deux heures de musculation par jour. Les autres heures passées à jouer aux *dating sims** ne comptaient pas, bien entendu. La cour, ça n'était qu'un échauffement. Le vrai travail commençait dans les bâtiments.

Jinshô activa son pass à l'entrée des salles de sciences. Il avait expliqué au proviseur qu'il changeait de trajet tous les jours. « Comme ça, lui avait-il dit, si jamais quelqu'un voulait s'introduire dans le lycée et qu'il m'observait pour savoir par où je passe, impossible d'établir une routine. » Le proviseur avait hoché la tête sans un mot, mais ça se voyait qu'il était impressionné et que ça lui plaisait que Jinshô prenne autant son travail à cœur. C'était peut-être pour ça qu'il gagnait un peu mieux sa vie que les autres gardiens de nuit.

Quand il était vraiment en forme, Jinshô parcourait les couloirs la tête haute, le regard acéré. Quand ça allait moins bien, il marchait plus lentement, plus silencieusement, la torche zigzaguant dans tous les recoins. C'est ce qu'il fit ce soir-là au niveau des salles de biologie. Il ne se contentait pas de scanner les couloirs, non ; il entrait aussi dans toutes les salles en se chronométrant. Trente secondes par pièce, histoire qu'on ne l'accuse pas d'avoir allumé un ordi pour regarder des trucs interdits ou d'avoir fauché du matériel. Il pensait à tout.

À part les squelettes qui servaient à apprendre le nom des os et qui l'avaient fait sursauter comme un fichu froussard le premier soir de service (et qui semblaient toujours le regarder du coin de l'œil quand il faisait sa tournée ici), rien dans les salles de biologie.

Rien non plus dans l'aile consacrée aux sciences humaines. Il se dirigea d'un pas tranquille vers le couloir des clubs. C'est par là qu'il finissait toujours, et à vrai dire il passait toujours plus de temps dans les salles dédiées aux clubs que dans les autres. Ici, il n'était pas question de cartes d'histoire, de planches d'anatomie humaine ou de feuilles accrochées partout sur les murs avec de la poésie ancienne dessus, Bashô et ce genre de machin incompréhensible. Non. Les clubs, c'étaient des sabres de bois avec le nom de leurs anciens propriétaires, des photos de concours remportés, des coupes, des médailles, des trucs importants dans ce style qui n'avaient rien à voir avec l'école. Du moins, pas celle où l'on reste assis huit heures par jour à s'ennuyer. Il y avait aussi des cases de bande dessinée que Jinshô avait fini par connaître par cœur. Quand il rentrait dans la salle du club de manga, la première chose qu'il faisait était de braquer sa lampe sur le mur des publications, espérant au plus profond de lui qu'il y aurait quelque chose de nouveau. Ce qui déclenchait toujours chez lui un sentiment ambivalent : amateur de bande dessinée, il se sentait incapable de créer quoi que ce soit qui ressemble à une chouette histoire comme celles qu'il lisait sur le mur des lycéens. Des lycéens pouvaient faire ça, pas lui. Lui, il était tout juste bon à rajouter une moustache sur un visage, ou de gros sourcils. Tout ce talent qu'il était bien forcé d'admirer le plongeait dans une sorte de mélancolie.

Jinshô tourna dans le couloir et s'arrêta aussitôt.

Il n'avait même pas laissé le temps à son œil de s'accommoder à l'obscurité que déjà il avait deviné que quelque chose n'allait pas. Il braqua sa lampe-torche sur toute l'étendue du couloir.

Il y avait là-bas au fond un angle découpé dans l'obscurité, un angle comme en font les portes ouvertes.

— Hé ! lança-t-il d'une voix qui fila à travers le couloir. Qui est là ? Il y a quelqu'un... ?

Mais le temps que le faisceau de la Maglite atteigne le bout du couloir, cet angle avait disparu.

Le tout avait pris trois secondes, toutefois en trois secondes Jinshô sut qu'une porte avait été entrouverte puis refermée.

Il éteignit immédiatement sa lampe et demeura immobile quelques secondes. Puis, sans un bruit, il plaqua son dos contre le mur et se dirigea à pas lents en direction de la porte. Lorsqu'il y parvint, il tendit le bras et appuya sur la poignée, millimètre après millimètre, contrôlant sa respiration.

Qui était de l'autre côté lui importait peu, la personne était dans de sales draps, car Jinshô n'avait aucune intention de se laisser embobiner par des explications. S'il se souvenait de la bonne façon de faire une clef de bras, il y avait des chances que ça se passe à l'ancienne. Les couloirs étaient baignés d'une lumière lunaire ; il devrait tenir compte de ça. La poignée était à présent enclenchée au maximum ; il n'y avait pas eu un grincement. Ça voulait dire que le matériel était bien entretenu. C'était satisfaisant.

Il entrouvrit la porte, avec d'extrêmes précautions. Quel que soit l'intrus, il se dit que ce serait bien de lui faire peur. Ça faciliterait les choses. Pour ça, il fallait du silence et de la lenteur.

*

Les yeux agrandis par l'angoisse, Asuka – cachée juste derrière – vit la porte s'ouvrir lentement. Elle se raidit sans faire un mouvement et pria pour ne pas éternuer ou avoir envie de tousser. Lorsque le battant de porte fut assez large pour laisser passer quelqu'un, elle vit un bras avancer dans la pénombre. Elle sentit soudain qu'elle se tassait sur elle-même et glissait le long du mur. Elle se retrouva à terre, sans avoir pu contrôler une seule seconde ce qu'elle faisait. Celui qui venait d'ouvrir la porte fit cliqueter un objet, et un fil de lumière blanche sortit de la tête de la lampe de poche. Il franchit le seuil et referma la porte en partie ; aussitôt il pivota et braqua la lampe sur le mur derrière le battant. Si jamais quelqu'un avait eu l'idée stupide de s'y cacher, c'était sans compter les réflexes acquis par Jinshô en prison puis à l'armée. Le rond de lumière se dessina sur le mur nu : personne. Jinshô pivota à nouveau et se trouva face aux armoires à casiers qui encombraient la pièce. Ils étaient disposés comme des cloisons de labyrinthe. Il souffla par les narines brièvement et s'engagea vers la gauche.

Asuka l'entendit clairement s'éloigner. Le rond de lumière était passé juste au-dessus de sa tête. S'il avait abaissé sa lampe, le veilleur l'aurait surprise. Elle respirait à petits coups par le nez, sans un bruit. Les pas lents du gardien s'éloignaient davantage. Il devait avancer avec circonspection. Asuka serra les poings en comptant les secondes dans sa tête, attendant de pouvoir passer par la porte sans attirer son attention. Cloud était caché ailleurs dans la pièce ; elle connaissait aussi son affinité avec les armoires, alors… malgré elle, elle sourit. Puis, sans un bruit, elle se redressa et fit le tour du battant de porte. Il ne lui fallut qu'une seconde pour sortir. Elle était dans le couloir. Il suffisait à présent que Cloud se débarrasse du veilleur ou se faufile à son tour sans bruit par ici. Elle tendit l'oreille pour entendre les éventuels claquements de porte, exclamations, bruits d'échauffourée ou de pas sur le carrelage. Si Cloud échouait, elle essaierait d'atteindre le toit. De là, elle prendrait les échelles de secours et descendrait. Puis elle regagnerait la grille par où ils étaient rentrés. Il lui faudrait courir dans les rues de la ville seule, dans l'ombre et sous la pluie, jusqu'à l'appartement, sans Cloud. Ce serait un échec. Elle trouva cette idée insupportable. Elle retint son souffle.

*

Jinshô avait fait le tour des armoires : personne. Il avait pourtant vu quelqu'un, et cet intrus était ici. Mais parvenu de l'autre côté de la pièce, il remarqua la porte entrouverte – celle qui donnait vers l'extérieur. Ah c'était ainsi ! Les malfaiteurs étaient entrés par là, avaient traversé la pièce aux casiers, ouvert la porte qui menait au couloir des clubs ; et dès que Jinshô les avait repérés, ils avaient rebroussé chemin et s'étaient enfuis dehors ? Ils n'allaient pas s'en tirer ; Jinshô connaissait le moindre recoin de la cour. La première chose à faire était de courir au poste électrique et d'allumer les spots. Les intrus n'auraient plus aucun endroit pour se cacher. Il ouvrit la porte en grand ; juste derrière lui, l'air chaud de la pièce aux casiers. Devant lui, l'air froid qui lui soufflait au visage. Il pleuvait. Jinshô grimaça un sourire : sale temps pour les gredins. En deux pas, il fut dehors. Il enfonça sa casquette d'uniforme sur son crâne car la pluie tombait à verse. Puis il entendit un raclement venu de l'intérieur – probablement un battant d'armoire qu'on ouvrait –, et avant d'avoir pleinement compris qu'on s'était bien moqué de lui, la lourde porte de métal qu'il venait de franchir claqua, envoyant son fracas dans tout l'espace de la cour – et il perçut le cliquetis d'un verrou.

Il essuya la pluie qui tombait sur son visage et contempla la plaque de métal nue, qui ne voulait rien dire d'autre que ce qu'elle était, une saloperie de porte fermée impossible à ouvrir sans la bonne clef.

Il se mit à trembler de colère tant il était vexé. Il s'était fait avoir par les intrus… ! Il se précipita vers la porte, mais elle était verrouillée de l'intérieur et ne fonctionnait pas avec un pass magnétique. Il fallait courir jusqu'au vestiaire, récupérer la clef. Personne n'était supposé s'en servir. Il fallait passer des coups de fil. Perdre du temps. Il prit quelques secondes pour réfléchir, la pluie battant ses yeux. Il y avait bien le protocole. Le protocole voulait qu'en cas d'intrusion, on ne se charge pas personnellement des malfaiteurs et que l'on prévienne la police. Jinshô se trouvait dans une position compliquée. Ce travail de gardien, c'était une chance et il voulait en être digne. Le directeur du lycée lui faisait confiance personnellement. Il ne pouvait se permettre aucun écart de conduite. Mais les malfaiteurs s'étaient moqués de lui : ils avaient refusé un combat à la loyale et lui avaient refermé la porte au nez. Il se sentait de taille à s'en occuper lui-même. *Sinon*, se dit-il, *à quoi ça sert un veilleur de nuit ?* Sa tête lui faisait mal et son cœur s'emballait. S'il se battait, il y avait 50 % de chances que le directeur décide de le renvoyer à cause des règles non respectées. Avec tout ça, il n'avait pas eu le temps de voir s'il y avait de nouvelles bandes dessinées, au club. C'était vraiment une soirée de merde.

Il réfléchit à toute vitesse et trouva alors une bonne idée. S'il ne pouvait pas rentrer, il allait les faire sortir.

26. LES DIGUES

Asuka sursauta en entendant le claquement métallique à l'autre bout des archives, puis un bruit de pas précipités. Cloud émergea sous son nez, l'œil vif, le front plein de sueur.

— Ouf... ! Je l'ai enfermé dehors, dit-il, mais ça ne va pas durer longtemps. Il faut faire vite.

Il lui prit la main et la tira à sa suite le long du couloir. Il déverrouilla ensuite la porte du club de jeux de rôle. Ils entrèrent ; Cloud se dirigea aussitôt vers une seconde porte qui menait à l'évidence non pas sur le couloir, mais vers une pièce contiguë. La porte n'était pas fermée.

— On est où ? dit Asuka.

La lune filtrait jusque dans cette pièce. Devant elle étaient alignées des unités centrales reliées à de larges écrans de contrôle, puis à des imprimantes massives. Un photocopieur sophistiqué occupait le centre de la salle. Sur une table, des toners neufs, des rames de papier.

— L'imprimerie, souffla Cloud. Toutes les publications du lycée sont stockées ici.

C'était la salle du trésor. Dans la tête d'Asuka défilaient les photos de la mise en page qu'Hina lui avait montrées. Elle avait travaillé en conséquence. Tout allait se jouer maintenant. Mais ils n'avaient pas fait trois pas dans la salle qu'une sonnerie stridente envahit les couloirs, et le claquement des portes coupe-feu retentit partout dans le bâtiment.

Ils se figèrent aussitôt, échangeant un regard inquiet.

— L'alarme anti-intrusion ! cria Cloud.

— Le veilleur ? cria Asuka en retour.

Elle sentit une vague de panique monter jusqu'à l'orée de sa gorge. Il fallait garder la tête froide ; le but de ces alarmes est précisément de pousser les intrus à perdre les pédales. De verrouiller toutes les issues, aussi. Elle attrapa la manche de Cloud et la serra pour éviter de sautiller partout comme une mouche prise au piège. Il agrippa sa main à son tour.

— Tu as besoin de combien de temps ? dit-il.

— Dix minutes ? hasarda-t-elle.

— Essaie d'être plus rapide, rétorqua Cloud.

Il semblait angoissé. Dépassé par les événements ? Ils l'étaient tous les deux. Mais Asuka sentit un flux d'énergie projeté dans ses veines.

— Donne-moi dix minutes ! cria-t-elle.

Il hocha la tête en pinçant les lèvres et, l'entraînant au centre de la pièce, désigna l'un des ordinateurs :

— Le serveur. Tous les fichiers sont stockés là. C'est *là* que tu dois faire l'échange… !

Si l'imprimerie est la salle du trésor, pensa Asuka, *le bloc noir et massif du serveur est le boss.* Mais le hurlement de l'alarme lui envoyait des frissons électriques dans le dos.

Elle trouva le bouton Power et démarra l'unité centrale. Cloud avait refermé la porte pour assourdir le bruit envahissant. L'écran de chargement fit soudain apparaître le mot « Password ».

Asuka se tourna vers Cloud :

— Il faut un mot de passe, évidemment !

— Je le connais, évidemment ! répliqua Cloud.

— Tu l'as volé ?

Cloud cria :

— Pas vraiment ! Le chef de mon club a accès à cette salle et comme il n'a aucune mémoire, il l'a noté au dos de sa carte de club. C'est comme ça que je l'ai récupéré.

C'était moins romantique que de dérober le password, se dit Asuka, mais ça faisait l'affaire. Il la poussa légèrement de l'épaule, et elle vit ses doigts taper le mot de passe à toute vitesse. Une série de dossiers apparut. Elle serra brièvement le poing. *Boss dead, game *nearly* over.* Asuka examina Cloud, immobile dans la lumière de l'écran, filtrée, opaque. Il avait les yeux brillants, fixes, et un petit sourire relevait le coin de ses lèvres. Et cependant il semblait extrêmement nerveux. Le temps jouait contre eux. Le bruit qui les entourait. La chasse donnée par le veilleur. Asuka pouvait sentir son cœur pulser dans tout son corps en même temps que l'alarme. Mécaniquement, elle sortit son téléphone et régla le chronomètre sur dix minutes. La dernière barrière était tombée, le serveur était ouvert. Il n'y avait plus qu'à pirater le club de manga : escamoter le travail de ses camarades et le remplacer par le sien. Elle prit la souris et passa en revue les dossiers, s'arrêtant sur celui de l'atelier. « Publication septembre-octobre ». Elle ouvrit le dossier.

Elle et Cloud échangèrent un dernier regard. Cette aventure semblait soudain si irréelle ; elle en hackeuse de génie, lui en sentinelle furtive… La sirène hurlait en guise de décor, se dit Asuka, qu'elle transforma dans sa tête en kanjis énormes qui barraient toute la page…

— À toi de jouer ! cria Cloud. Il est possible que le veilleur ne compte pas en rester là ; je vais faire diversion de mon côté. Dix minutes… Pas une de plus. Je te retrouve ici et on file. Compris ? Hors de question que je reparte sans toi. Pas une fois encore. Tu m'attendras ?

— « Pas une fois encore » ? dit Asuka. Qu'est-ce que… ?

Il était déjà près de la porte. Il se retourna et la fixa dans la pénombre. L'écran clignotait à toute vitesse. Elle vit seulement un ovale noir à la place de son visage. Elle aurait bien voulu voir ses yeux. Mais la voix qui hurla les mots suivants la suppliait littéralement :

— Tu m'attendras ?

— Oui ! cria Asuka.

Il avait refermé la porte. D'une main tremblante, elle cliqua sur le dossier et l'ouvrit.

La sonnerie d'alarme avait remplacé tous les sons et brouillait tous les repères. Les veines brûlantes d'adrénaline, Asuka parcourut les fichiers. Sur la centaine de pages, il y avait une dizaine de fichiers à remplacer. Elle brancha sa clef USB et ouvrit le dossier où se trouvaient ses propres fichiers ; mais au moment de changer leur nom pour écraser les documents du club de dessin, elle jeta un œil sur le *timer* qui faisait scintiller l'écran de son téléphone. Il restait un peu plus de neuf minutes. Sans prendre le temps de s'asseoir, elle cliqua sur l'un des fichiers du club ; aussitôt, un 4-cases (dessiné par Aoki, elle en était certaine) emplit tout l'écran. Elle lut ça rapidement parce qu'il n'y avait pas beaucoup à lire, en revanche, il y avait beaucoup à en penser. Premièrement, elle reconnut tout de suite le style d'Hina. Deuxièmement, elle avait clairement perdu en niveau d'écriture. Troisièmement le dessin était, disons, « pas excellent ». Asuka sentit une grimace froncer son visage. Comment pouvait-on publier ça avec autant de désinvolture ?

Elle tira enfin la chaise pour s'asseoir. Un cliquètement lui fit dresser l'oreille ; quelque chose était tombé de son manteau sur le carrelage. Elle se pencha et récupéra le Teiko, qu'elle repéra grâce à la lumière de l'écran.

Elle voulut le reposer à côté du clavier, mais à la place quelque chose la poussa à écrire à même la table :

POURQUOI TU HÉSITES ?

Une suée brusque mouilla son front. L'encre encore liquide luisait faiblement. Non, elle n'était pas en train de rêver. Les mots étaient bien là, comme presque sortis de son cerveau, nets. Asuka écrivit au-dessous :

Je n'hésite pas. Je me demande si c'est juste de le faire.

Son poignet traça à son tour les caractères suivants :

JUSTE OU INJUSTE, QUESTION DE POINT DE VUE. QU'EN PENSES-TU ?

Puisque je suis là, pourquoi je n'irais pas jusqu'au bout ?

OUI. FAIS-LE, ALORS.
TES DESSINS SONT BIEN MEILLEURS QUE CEUX DE CE PRÉTENDU CLUB.
C'EST UN FAIT.

Mais ce n'est pas gentil ?

PERSONNE N'EST GENTIL. CHACUN CHERCHE SON INTÉRÊT.
SI QUELQU'UN FAIT PREUVE DE GENTILLESSE, C'EST QUE ÇA NE LUI COÛTE RIEN.
QUI EST GENTIL AVEC TOI ?

L'encre des dernières phrases était pâle comme un crachat d'encre morte, presque effacée sur les derniers mots. Asuka secoua le Teiko. Pas ça… Pas maintenant… Elle avait encore des choses à lui demander. Elle serra les dents et s'entailla la paume d'un coup de mine. Son cœur cogna contre ses côtes. Le sang perla aussitôt. Elle pressa la paume au-dessus de la table pour le faire goutter sur le plateau, relâcha sa respiration et trempa la mine dans les gouttelettes rouges ; puis elle écrivit la suite :

Cloud est gentil avec moi.

QU'EST-CE QUE ÇA LUI RAPPORTE ?

Je ne sais pas.

POSE-TOI LA QUESTION.

Le *timer* indiquait 6'50. Les sirènes hurlaient. Elle perdait du temps. De loin en loin, Asuka percevait un bruit métallique ; des coups de marteau sur une tôle qui rythmaient irrégulièrement la thrénodie obsédante du signal d'alarme. C'était peut-être la pluie qui redoublait.

Elle avait encore un peu de temps pour modifier ses noms de fichiers et remplacer cette mauvaise bande dessinée. Asuka sentait la sueur goutter le long de ses joues. Sous le coup de l'impulsion, elle ajouta :

Hina est mon amie.

La pointe du Teiko traça immédiatement :

TU ES NAÏVE.
J'ESSAIE DE TE FAIRE COMPRENDRE.
TU DOIS TE MÉFIER.

Les digues sautaient une par une. Asuka posa une dernière question.

Me méfier de quoi ?

Et elle écrivit de la pointe du Teiko :

NE DEMANDE PAS DE QUOI, MAIS DE QUI.

D'Hina ?

MÉFIE-TOI.

De Cloud ?

...

...

MÉFIE-TOI.

Asuka examinait avec effroi la table noircie de questions. Le chrono défilait toujours. Le visage en sueur, elle remonta rapidement dans les fichiers du club, analysa à nouveau la production des filles.

Le Teiko avait raison. Le dessin était mauvais. Ça, Asuka était immédiatement capable de le dire. Un style de collégienne. Ce n'est pas que les personnages étaient mal dessinés, mais ils étaient statiques. Il n'y avait pas de décor, pas de ligne de fuite, pas de perspective, pas de mouvement, pas de composition, et le cadrage était vraiment réduit à sa plus simple expression. Asuka avait passé du temps à l'expliquer à Hina : sans composition et sans mouvement, une case n'avait à ses yeux aucune valeur. Le cadrage aussi était important. C'est son frère Sozuke qui lui avait appris ça à l'aide d'un appareil photo.

Elle avait pris du temps à lui expliquer, et Hina à l'évidence n'avait rien écouté, n'avait fait attention à rien, n'avait tenu compte de rien.

C'était décevant. Et même, ça l'énervait.

Elle regarda encore le Teiko, prête à le voir sauter sur lui-même et écrire encore des sarcasmes. Elle le vit presque, même : *> Décevant ? > Tu en as de bonnes. > Tu es* *naïve.* Elle sentit son cœur se tordre comme un torchon mouillé. Puis elle se concentra à nouveau sur les dessins.

Ce qu'il faut, c'est changer le point de vue. Ou alors adopter un angle particulier. Asuka, quand elle dessinait, se battait toujours contre la tentation de tomber dans le cliché. C'est ce qu'était cette bande dessinée qui défilait sous ses yeux, fichier après fichier : une série de clichés.

27. WARP

Une rage froide envahit Asuka par degrés, comme de descendre un escalier qui conduit à une cave lointaine. Le *timer* indiquait 4'01.

Ainsi, pensa-t-elle, s'adressant à Hina, *c'est ce que tu es devenue. C'est ça les histoires que tu es devenue* incapable *de raconter. Et tu étais si fière l'autre jour, à la cafétéria. Et ta nouvelle amie, Aoki ? Si fière de ce que vous avez fait ? Quel gâchis !*

Les derniers mots résonnèrent dans l'intérieur de sa boîte crânienne en un hurlement :

Je suis bien contente que tu ne sois pas ma scénariste ! Si c'est pour faire de la merde, je peux me débrouiller seule, merci !

L'alarme fonctionnait toujours, ponctuée par le martèlement de métal. Cloud était parti depuis six minutes. Avait-il rencontré le gardien ? Le *timer* venait de passer à 3'42. Les larmes coulaient sur ses joues sans qu'elle s'en rende compte. Elle eut l'idée fugace de reprendre les dessins d'Aoki, de les améliorer, de rajouter un peu de texte pour que le désastre ne soit pas si complet. Elle bougea la souris rapidement, réduisit les fenêtres des fichiers, examina dans le centre logiciel s'il n'y avait pas Photoshop, ou Corel Painter, ou openCanvas, mais il n'y avait que des icônes d'imprimantes dont certaines ressemblaient à des tanks. Et puis, tout modifier aurait demandé bien plus que 3'42 secondes (*3'19 maintenant*). C'était trop tard… ! Elle sélectionna les dix fichiers gribouillés par Hina et Aoki et les supprima.

La bande dessinée était restée ouverte à l'écran, perdue quelque part dans le cache du disque dur.

Elle sélectionna ensuite ses propres fichiers et les envoya dans le dossier du club de dessin. La barre de transfert apparut, indiquant : *3 minutes restantes*. Le *timer* était descendu à 2'29 et le cœur d'Asuka se mit à battre au point qu'elle l'entendait dans ses tympans, en contrepoint de l'alarme incendie qui commençait à lui percer le crâne. Elle réalisa à cet instant qu'elle avait stocké ses fichiers dans sa vieille clef USB 2.0, pas la nouvelle 3.0 qui allait dix fois plus vite. La rage qu'elle avait éprouvée envers Hina tout à l'heure ressurgit, plus glaciale encore, et se tourna contre elle. Elle se traita de tous les noms et fut tentée de mettre un grand coup de pied dans la tour du serveur pour hâter le transfert. Au lieu de quoi elle serra les poings (*sois patiente juste une minute de plus que prévu sois patiente*) ; puis son regard quitta l'écran et se déporta vers les vitrages des hautes fenêtres qui occupaient tout le mur nord de la salle d'imprimerie. L'alarme anti-intrusion rebondissait contre les vitres, envahissait la nuit tombée sur la ville et jouait avec ses nerfs. Mais son regard revint par réflexe à l'écran d'ordinateur.

La barre de chargement indiquait toujours *3 minutes restantes*.

Le *timer* faisait clignoter ses secondes.

1'03

1'02

1'01

Asuka sentit la boule de rage exploser dans son ventre. D'un coup de pied, elle rejeta sa chaise qui roula en arrière, frappant une table chargée de rames de papier en fin de course. Celles-ci s'écroulèrent lourdement au sol. Les feuilles glissèrent et s'éparpillèrent dans toute la pièce. À 0'59, Asuka saisit le Teiko posé à côté du clavier et – en même temps qu'elle poussait un cri de colère – leva le poing d'où dépassait la mine effilée et l'abattit dans le même geste sur l'écran de son téléphone, en plein sur le *timer*.

L'écran se fendit, des zébrures parcoururent les éclats de verre et se remplirent aussitôt d'encre rouge. Asuka sentit quelque chose l'aspirer de l'intérieur. Le *timer* était à présent bloqué sur 0'59.

Asuka attendit qu'il reparte, mais les chiffres 0'59 clignotaient faiblement, arrêtés.

28. STASIS

La nappe suraiguë de l'alarme incendie envahit les oreilles d'Asuka.

Elle respira à petits coups rapides par le nez.

Puis elle tira d'un coup sec le Teiko qui se déplanta de son téléphone, et poignarda à son tour l'écran d'ordinateur devant elle.

Le *timer* indiquait toujours 0'59.

L'alarme incendie semblait s'être éloignée pour un temps.

Il y avait encore le bruit de la pluie sur les vitres. Le bruit métallique lui revenait de temps à autre, mais assourdi. Son cœur battait tout contre ses tympans.

Un grésillement la tira progressivement de sa torpeur. En regardant autour d'elle, Asuka s'aperçut que tous les écrans de la salle étaient allumés. Des rangées de rectangles blancs, dont certains clignotaient par intermittence.

Il y avait des images dessus.

Elle se leva et observa les images qui apparaissaient à présent sur ces écrans.

Elle connaissait ces images.

Elle les avait dessinées.

D'une façon ou d'une autre, le serveur avait commandé l'allumage de tous les ordinateurs de la salle d'impression et avait ouvert les fichiers présents sur la clef USB d'Asuka. Tout ce qu'elle avait dessiné depuis des années lui était soudain jeté en pleine face. Dessiné depuis le début. Les images clignotaient, défilaient en pagaille puis se fixaient pour quelques secondes.

Elle suivit le flot de feuilles blanches éparpillées au sol et se dirigea vers l'écran le plus en retrait dans l'imprimerie. Se penchant dessus, elle l'examina. L'image palpitait à 75 hertz dans la nuit de la pièce.

Dans les bras de leurs mamans,
on voyait deux bébés
qui levaient les bras avec une bouche énorme.
Ils devaient hurler très fort.

C'était elle et Hina. Hina et elle.

Asuka tendit la main vers le visage d'Hina et s'aperçut que dans un coin de l'écran, une tache noire commençait à grignoter la page. Elle devait se souvenir, et vite, avant que ça ne soit effacé.

Il paraît que la mère d'Asuka et celle d'Hina étaient dans la même chambre, en attendant d'accoucher. Entre deux contractions, elles ont commencé à papoter, jusqu'à ce que la mère d'Hina n'en puisse plus. Hina est née la première, et Asuka douze heures plus tard.

Il paraît que quand leurs mères sont revenues dans leur chambre, les deux filles s'amusaient à faire des concours de cris, comme si elles se répondaient. Les mères avaient mis les berceaux l'un à côté de l'autre.

C'est bizarre, car logiquement, à la naissance, les bébés passent tout leur temps à dormir. Mais il paraît que les deux filles, elles, « parlaient ». De quoi ? Asuka n'en avait aucune idée. Sur son dessin, en tout cas, il y avait ces deux bébés avec la grande bouche. Ce n'était pas une bouche de pleurs, c'était une bouche joyeuse. Les deux bébés levaient les bras comme si elles avaient gagné quelque chose, déjà, dès leur arrivée dans ce monde.

Asuka se mordit la lèvre, sentit les larmes perler au bord de ses yeux, et tandis que la tache dévorait à présent la moitié de l'image, elle remonta la rivière de feuilles et passa au deuxième écran. Sur cette image, il y avait deux petites filles avec un cartable sur le dos.

Asuka sourit malgré tout. Leur entrée à l'école.

C'était une école de quartier, qui n'existait plus aujourd'hui. Ils l'avaient déplacée et avaient détruit l'ancienne – la leur. Par-dessus, ils avaient construit une banque. De temps en temps, Asuka se demandait ce qui se passerait si elle demandait à visiter la salle des coffres. Si quelque part, dans l'un d'entre eux, elle n'aurait pas retrouvé toutes les archives scolaires de l'époque, avec leurs têtes, leurs cahiers du jour, les commentaires des maîtresses et tout.

À son tour, l'image fut grignotée par l'encre. Asuka sentit sa respiration se couper et appuya sur la barre espace du clavier pour passer au dessin suivant.

À l'école, il y avait des jumeaux :

Baka et
Taka.

En tout cas c'est comme ça que tout le monde les avait surnommés.

Dans les jumeaux il y a toujours un timide, et un autre qui prend le dessus. Il faut dire ce qui est, Baka et Taka n'étaient pas timides du tout, et surtout, ils étaient vraiment méchants. Ils s'en sont pris à Hina dès le premier jour ; deux petites brutes de 3 ans qui lui ont arraché le sac à dos, ouvert la boîte bento pour « inspection » et pris les beignets que sa mère avait préparés pour le dessert. Et une fois qu'ils ont eu fait main basse sur le butin, le reste ils l'ont balancé au sol.

Ils auraient pu s'en aller, mais pour faire bonne mesure, Baka et Taka se sont mis à piétiner les restes du repas d'Hina, en lui disant :

— Si t'es pas contente, t'as qu'à lécher le goudron ! Les asticots ça fera de la viande et les cailloux il paraît que ça fait digérer les poules ! Ah-ah !

Les vrais méchants sont en général très intelligents, et Baka et Taka étaient loin d'être cons. Ils sont partis en éclatant de rire et en engloutissant les beignets.

Asuka avait vu la scène sans pouvoir intervenir ; mais elle accompagna Hina pour le dire à la maîtresse. Ce qui n'empêcha pas les jumeaux de recommencer dès le lendemain, et les jours d'après.

Une autre pression sur la barre espace fit apparaître l'image d'après :

Deux boîtes bento jumelles.
Des graines de sésame parsemées
pour faire un petit cœur.

Asuka en était venue à partager son repas avec Hina, et le soir, quand tout le monde était couché, elle se relevait pour piquer des petits gâteaux, des cornichons, des tranches de légumes au vinaigre qu'elle rajoutait dans la « boîte secrète d'Hina ». Elles n'avaient pas encore quatre ans, mais à cette époque elles firent le pacte de s'aider l'une l'autre dès qu'elles en auraient besoin. Asuka essuya les larmes qui coulaient sur ses joues et passa à la quatrième image :

Deux filles qui se tiennent par les épaules
et se regardent droit dans les yeux :
— Pour toute la vie !
— Pour toute la vie.

Ça, c'était un de ses vrais premiers souvenirs.

Elle entendit un bruit à l'étage du dessus, tressaillit, se retourna. Mais elle se sentait en sécurité dans cette pièce où les écrans formaient un cercle de protection autour d'elle. Ces carrés de lumière blanche auraient rendu aveugle n'importe quel intrus en lui jetant au visage :

Ce qui était arrivé à Baka et Taka.

Les faibles, on peut les écraser assez longtemps. Mais un jour, ils trouvent quand même la force de se révolter.

Asuka avait bien préparé son coup. Plus de cent dessins défilaient à présent à toute vitesse dans l'ombre. Puisque la maîtresse trouvait que les paroles c'était suffisant quand elle disait à Baka et Taka d'arrêter d'embêter les autres, et qu'ils répondaient « oui madame » en baissant la tête, et puisque les paroles s'avéraient inutiles car à chaque fois Baka et Taka recommençaient leur bazar, on allait se passer des paroles. Pendant trois mois, Asuka avait dessiné tout ce qu'ils faisaient aux autres. Toutes les petites tortures. Tous les mots vexants, tous les piétinements la bouche dans la poussière.

Avec Hina, elles collèrent tous ces dessins aux quatre coins de l'école, jusque dans la rue, sur le portail, pour que tout le monde voie ce qui se passait avec ces deux affreux.

Baka en train de rebondir sur Hina à pieds joints,
et Taka tenant ses baskets au-dessus des toilettes,
prêt à tirer la chasse.

Et tout le reste.

Ça avait fait du foin. Les parents avaient vu ça, le directeur avait vu ça, et pour finir, après une petite enquête, les jumeaux avaient été renvoyés de l'école.

Un cri retentit, plus proche. Avait-elle confondu avec l'alarme ? Au centre du cercle d'écrans, Asuka examina son téléphone. Les chiffres étaient restés bloqués sur 0'59. Elle tendit la main et le saisit. Au milieu des zébrures d'encre rouge, les chiffres palpitèrent faiblement.

0'58. Un vertige affreux saisit Asuka. Elle sentait le sang refluer de ses bras. *Hina*, voulut-elle sangloter. *Hina... !* Elle se précipita sur le clavier, appuya frénétiquement sur Esc pour annuler le transfert de ses fichiers, mais la barre venait enfin de se remplir. « *Transfert terminé* ».

*

Jinshô ne put s'empêcher de crier. Tout en haut de l'escalier, à l'autre bout du couloir, il venait d'apercevoir enfin l'ombre qu'il poursuivait. Au début, ça lui avait rappelé un grand chien véloce, mais à présent ça s'était redressé et retourné.

— Qu'est-ce que tu fais là ? cria-t-il.

Il fit cliqueter sa lampe, mais au moment où il appuya sur le bouton, l'ampoule claqua. Une vague d'angoisse lui serra soudain la gorge. Au fond du couloir, l'ombre bougea et Jinshô écarquilla les yeux, incapable de dire si elle avançait vers lui ou si elle reculait.

— Ne bouge pas ! cria-t-il encore.

Mais l'alarme incendie criait elle aussi, si fort qu'il était peu probable que l'ombre l'entendît. Immobile, les yeux exorbités pour essayer d'y voir plus clair, il finit par constater que l'ombre s'éloignait à reculons. Ça lui redonna un peu de confiance. Qui avait peur ici, bon Dieu ? Il poussa un grondement et avança, serrant la main sur la poignée de métal de sa lampe aveugle. L'ombre avait maintenant disparu, vraisemblablement à un tournant de couloir. Le cœur de Jinshô battit plus vite. Il contractait ses sourcils pour se donner l'air méchant, mais bien entendu dans le noir c'était moins efficace.

Il progressa en silence, remonta tout le couloir. La lune tombait des fenêtres et éclairait les murs et le sol vides. Il tourna à son tour sur la droite.

Il crut qu'il allait faire une crise cardiaque quand l'ombre lui bondit dessus et ne put s'empêcher de pousser un cri strident. Il s'empêtra dans ses propres jambes et s'étala de tout son long dans le couloir. Derrière lui une série de pas rapides retentit. Le salopard s'était caché juste au tournant, et à présent il filait !

Et maintenant, pour le rattraper, deviner par où il avait fui…

Jinshô se releva, des larmes d'impuissance au coin des yeux. Il renifla, se retint de cracher de mépris, lissa des deux mains les pans de son uniforme.

Ça allait bien comme ça. Au protocole de faire le boulot.

*

Le transfert de ses dessins était achevé, c'était trop tard pour revenir en arrière. Asuka regarda autour d'elle. Un par un, les écrans achevèrent de se recouvrir de noir. Le serveur s'éteignit et la salle fut plongée dans la pénombre.

Elle secoua la tête et observa son téléphone troué. L'alarme venait de redoubler de volume. Le *timer* était retombé à 0'00. Au loin, elle perçut la sirène des pompiers. Un coup sourd fit craquer la porte et sursauter

Asuka. Elle eut le réflexe de s'accroupir sous le bureau du serveur, les mains sur la tête. De là où elle était, elle voyait le paysage nocturne par les fenêtres. Des nuages chassés par le vent et un morceau de lune.

Maintenant, elle voulait rentrer. Prendre une douche. Tout de suite.

Un second coup fit céder la porte. Cloud se précipita dans la salle l'air effaré, la lampe de son téléphone cherchant Asuka. Elle se releva pour se montrer. Il haleta en lui saisissant le poignet :

— Je l'ai attiré au second étage juste au moment où il allait entrer dans le couloir des clubs. Il doit être encore en train de m'y chercher. Tu as réussi… ?

— Je… commença Asuka.

Puis elle hocha simplement la tête. Demain le premier magazine du club de dessin sortirait avec ses propres productions. Cloud écarquilla les yeux en voyant ses mains tachées d'encre, à la lueur rémanente de l'écran central. Il lui prit la main droite avec une douceur qui la frappa, la retourna, examina à la lampe la balafre qu'elle s'était faite avec le Teiko. Le sang avait noirci le long de la coupure. Il caressa l'intérieur de sa paume, renifla deux ou trois coups, serra davantage son poignet.

— Qu'est-ce qui t'es arrivé ? Qu'est-ce qui est arrivé ici ? Tu t'es battue ?

— C'est un peu ça, murmura Asuka. Rentrons. Je crois que je suis fatiguée.

Un bruit de pas résonna au-dessus d'eux. Cloud secoua la tête. Lui aussi avait le visage plein de sueur et une lueur étrange dans les yeux.

Ils sortirent de l'imprimerie en courant et rebroussèrent chemin.

À la grille, pendant que les gyrophares des pompiers envahissaient la cour, ils récupérèrent leur grappin et, à bout de forces, parvinrent tout juste à se hisser de l'autre côté. Cloud passa le premier. Asuka tomba presque sur lui.

Ils remontèrent la rue bordée d'arbres en marchant, comme s'ils n'avaient rien à se reprocher. Mais le cœur d'Asuka battait affreusement vite.

29. UN CHIEN VÉLOCE

Juste avant de tourner dans la rue du love hotel, ils virent une voiture avancer vers eux ; Asuka serra le bras de Cloud pour le tirer en arrière dans un pan d'ombre, mais trop tard : les warnings rouges clignotèrent sans bruit, les figeant sur place. La voiture se rangea le long du trottoir et la vitre s'abaissa. Asuka n'arrivait plus à déglutir. Il y avait deux policiers. Le plus âgé était au volant et ne les regarda pas ; mais la plus jeune leur demanda aussitôt :

— Bonsoir. Qu'est-ce que vous faites à cette heure-là ?

— Le lycée est fermé, pourtant, grommela le conducteur toujours sans les regarder. Vous devriez être chez vous en train de réviser ou de dormir.

Cloud lui aussi demeurait immobile. *Deux blocs de pierre*, pensa Asuka. Puis : *On va se faire embarquer*. Le clignotement des warnings se répercutait sur le mur, la forçant à plisser les yeux. Dans l'habitacle, l'infocom grésilla : « Patrouille 544-0033, l'unité du OMFD est entrée dans le bâtiment du lycée. Pas de présence de feu. Un homme en état de choc affirme avoir presque intercepté au moins un intrus. Avez-vous des informations supplémentaires ? »

— Enlevez vos masques, dit doucement la policière.

À cet instant, un camion de pompiers tourna dans la rue, faisant rugir son moteur. La policière tourna légèrement la tête pour regarder dans le rétroviseur. Asuka inspira brusquement et agrippa Cloud par le poignet. Il comprit le signal et tous deux firent demi-tour, s'engouffrant dans la ruelle. Asuka sentait à peine ses jambes ; mais le running de ces derniers jours avait porté ses fruits, et elle courait plus vite qu'avant. Cloud suivait, haletant. Derrière eux, les policiers étouffèrent des jurons en enclenchant la sirène du véhicule ; ils entendirent les pneus crisser pour manœuvrer et s'engager à leur tour dans la rue. Asuka sentit les muscles de ses jambes brûler, mais elle tourna à nouveau dans une ruelle étroite, où la voiture ne pourrait passer. Elle eut peur cependant que les policiers descendent et se mettent à courir et à crier après eux. *Hihi !* retentit la voix d'Hina dans sa tête, *c'était si drôle quand Hayao et moi on s'est cachés dans un container à poubelles ! Si drôle... !* Elle redoubla d'efforts et s'engouffra dans une ruelle plus sombre encombrée d'ordures.

Derrière elle, le bruit de la voiture se perdait. Elle n'entendait plus que le claquement de ses pieds sur le bitume.

*

Il tenta d'abord de suivre Asuka, mais elle courait vite et le distança peu à peu. Il se sentait à bout de souffle, le cœur tapant au bord de la douleur. Derrière lui, la sirène de police retentit. Il redoubla d'efforts, tira sur les muscles de ses cuisses, se pencha et essaya de garder la cadence. Il tourna dans une ruelle trop étroite pour la bagnole, mais un bruit de freinage et un claquement de portière l'avertirent que les flics avaient décidé de passer aux choses sérieuses. « Arrêtez, c'est un ordre ! » hurla le policier dans l'ombre de la ruelle. Il serra les poings et prit une autre ruelle. Il avait perdu la trace d'Asuka, mais il renifla et sentit qu'elle n'était pas loin. Il expira sa charge d'air en sifflant entre ses dents serrées. Il entendit le pas de course du flic, et le crachotement d'un talkie-walkie. Au-dessus de sa tête, des escaliers de secours se découpaient en ombres contre le ciel plus pâle, apparu dans un rectangle entre les deux immeubles qui bordaient la ruelle. Les escaliers filaient vers le ciel et semblaient ne pas finir. Il se concentra sur la sortie de la ruelle ; hélas, une lueur rouge se réfléchit soudain sur les murs des bâtiments, et aussitôt après la voiture des flics glissa contre le trottoir, bouchant toute perspective de fuite. La flic sortit par la portière conducteur et perça du regard l'ombre de la ruelle, essayant de le capter, lui, la cible mouvante. Derrière lui, un grognement victorieux éclata. Le flic. Il était coincé. Coincé ? C'était sans compter l'échelle qui descendait contre l'immeuble et courait jusqu'aux escaliers. Sans réfléchir davantage, il bondit sur un tas de cartons qui s'écroula sous son poids ; ils avaient tenu la seconde nécessaire pour lui permettre d'attraper un des barreaux de l'échelle. Le flic poussa un cri de rage. Poursuivre ce gamin dans les escaliers ? C'était une autre histoire. À présent, le fuyard grimpait le long des marches de métal et s'évadait vers le ciel.

Là-haut, il serait en sécurité, au moins pour un moment.

Cette impression que le ciel immense tanguait au-dessus de lui. Il ôta son masque et essuya la sueur qui lui coulait sur tout le visage, puis porta la main à sa poitrine. Son cœur tapait toujours et refusait de redescendre. Il fila le long des bouches de clim sur le toit et atteignit le bord. En contrebas, la ville s'étendait jusqu'aux docks ; dans le labyrinthe de ruelles, juste là, Asuka courait pour échapper à la police. Il se prit à espérer qu'elle rentrerait chez elle sans dommage. Ils étaient arrivés à la limite. À présent, son cœur lui faisait *mal*. Il avait déjà éprouvé cette douleur.

Il fouilla frénétiquement sous son manteau et en extirpa le crochet du grappin qui appuyait contre sa poitrine. La pression entre ses côtes diminua, mais à peine. Dans la nuit, il ne parvenait plus à discerner sa main. Le crochet de métal lui donnait presque l'air d'une pointe d'acier. À cet instant, l'odeur du sang d'Asuka lui remonta aux narines.

Il avait touché sa blessure ; l'odeur qui rappelait le fer descendit le long du conduit nasal, baigna sa bouche. Un haut-le-cœur le secoua. Retenant un cri d'horreur, il jeta le grappin au sol. La sueur couvrait à nouveau son visage. *Pourquoi maintenant ?* Il grimaça, sa bouche découvrant des dents serrées à bloc et fendant presque son visage en deux. Puis ses yeux se révulsèrent et il tomba à genoux, les deux mains crispées sur sa poitrine, la respiration sifflante.

*

Asuka courut longtemps.

Quand elle fut certaine d'avoir semé la voiture de police, elle s'arrêta contre un mur, dissimulée par un container à ordures, à bout de souffle. Elle attendit une bonne minute avant de rouvrir les yeux.

D'une façon ou d'une autre, Cloud ne l'avait pas suivie. Peut-être qu'elle avait vraiment gagné en endurance en quelques jours et qu'elle avait couru trop vite. Peut-être qu'il avait pris un autre chemin.

En tout cas, elle était seule.

Après s'être assurée que la police n'attendait pas de l'autre côté de la rue tous phares éteints, elle regarda autour d'elle, essayant de reconnaître le quartier où l'avait menée sa course. Ni les lieux ni les noms de rues ne lui disaient quoi que ce soit.

Elle était seule, dans un endroit de la ville qu'elle ne connaissait pas.

Elle frissonna, resserra le col de son manteau et ajusta son masque. Puis elle rabattit sa capuche et se mit en marche, remontant la rue.

Quelques voitures passaient dans les rues derrière elle, disparaissant rapidement vers le centre de la ville. Devant, elle croyait entendre une rumeur qui ressemblait à la mer. Si elle arrivait près des quais, il y avait une chance pour qu'elle retrouve son chemin. Elle regagnait un peu d'espoir avec cette idée. Et en effet, de l'autre côté de la rue, elle distingua des grues alignées dans la pénombre, comme des sortes d'insectes géants sortis de la mer. Elle se hâta dans cette direction.

Elle voulut regarder l'heure, mais son téléphone était à présent hors service. Il ne devait pas être loin des deux heures du matin.

À cette pensée, l'angoisse l'étrangla presque. Qu'allaient dire ses parents ? Qu'allait dire Sozuke ?

Elle essaya de mettre de l'ordre dans ses pensées, de réfléchir à tout ce qui était arrivé ce soir de façon rationnelle. Sauf qu'à cet endroit, à cette heure, peu de choses lui semblaient réelles. Elle tâta son manteau au niveau de la poche intérieure et sentit la forme dure, oblongue du Teiko. Les mots suivants tournaient en rond dans son crâne : *Le Teiko a un pouvoir*. Il avait révélé des choses, ce soir, des choses profondes. Elle n'arrivait pas à savoir comment ça s'était déroulé au juste, mais ce dont elle était certaine, c'était de ne pas avoir rêvé. Ça aussi, il faudrait essayer d'y mettre de l'ordre.

Elle se hâta encore. Il fallait qu'elle retrouve les quais de plaisance, là où se trouvaient la barque de l'oncle d'Hina, le vendeur de mochis, les ballons multicolores, toutes ces choses rassurantes qui pour le moment se cachaient dans l'ombre, endormies.

Elle passa le long d'un porte-containers à quai, coque gigantesque qui se confondait avec la nuit. L'odeur de rouille et de sel la prenait à présent à la gorge et lui rappela celle du sang. Quand elle parvint à l'extrémité de la coque, la mer se découvrit partiellement à elle, de biais et découpée par l'architecture des digues de béton. Sous le clignotement des feux de position d'immenses grues portuaires, estompée par la brume, l'eau scintillait et clapotait en silence.

Sous cet aplat de brume vaguement lumineuse, Asuka ne se sentait pas en sécurité. Très loin, elle pouvait entendre le ronronnement d'une machine, comme un cœur battant faiblement. À l'évidence, personne ne travaillait dans ce coin à une heure si tardive ; elle devait se débrouiller seule. Elle avait toujours eu un sens de l'orientation aléatoire, et la fatigue n'aidait pas à prendre de bonnes décisions.

Elle avisa l'échelle d'une grue. Peut-être que si elle prenait de la hauteur, elle pourrait repérer la digue de plaisance dans ce labyrinthe à ciel ouvert ? À partir de là, elle retrouverait son chemin en suivant la piste de running.

En prenant garde de rester dans l'ombre, elle atteignit le pied de l'échelle et commença à grimper. Malgré ses gants, les barreaux glissaient à cause de l'humidité ambiante et elle dut se cramponner de toutes ses forces pour atteindre le premier étage, quinze mètres plus haut. Quand elle parvint enfin sur la plateforme, ses muscles étaient tendus comme des câbles d'acier et envoyaient dans ses synapses le signal d'une douleur atroce. Elle essuya son front couvert de sueur. Avec soulagement, elle s'aperçut rapidement qu'elle avait vu juste : les quais se dévoilaient à présent sous les nappes irrégulières de brume, qui se déplaçaient en silence et avec lenteur, poussées par le vent de la mer. Derrière elle, le tanker sommeillait dans l'ombre, carcasse énorme. Asuka retint soudain une exclamation : elle venait de reconnaître le pier de plaisance, situé droit devant, à trois cents mètres, pas davantage ! En courant, elle y serait en quelques minutes. Elle crut pleurer de soulagement, mais ce serait pour plus tard : il fallait encore redescendre et prendre garde de ne pas glisser. Elle s'accroupit sur la plaque de métal et s'apprêtait à mettre le pied sur le premier barreau – quand un bruit venu du bas lui fit cesser tout mouvement.

Un bruit de pas. *Non, c'est différent. Mais quelque chose marche en bas*. Elle pensa à un chien.

Allongée à présent sur la plaque suintant d'humidité, elle examina le quai.

Le trottinement se fit plus distinct, cliquetant sur le pavé ; dans la lumière instable et faible des feux de position, elle distingua une forme qui remontait le long de la coque, suivant le chemin qu'elle avait emprunté quelques minutes auparavant.

Asuka sentit son estomac se nouer. Il n'était plus question de descendre ; ça n'était pas un chien, c'était plus grand.

Elle attendit.

La forme était retournée dans une plaque d'ombre car elle ne la voyait plus.

Elle tremblait de froid et serra les dents pour contenir les frissons autant que possible.

Ça n'était pas humain non plus ; avant que la forme ne se cache dans l'ombre, elle l'avait vue marcher sur quatre pattes.

Elle entendit soudain un bruit de souffle, mais corrigea aussitôt : *Non, pas de souffle. C'est en train de renifler. De flairer.*

Un frisson glacé parcourut la colonne vertébrale d'Asuka. Elle tourna lentement la tête et s'aperçut que tous ses muscles étaient crispés. Elle fouilla l'obscurité du regard en contrebas. À cet instant, le reniflement cessa et fut remplacé par une sorte de sifflement. La forme sortit alors de l'ombre, remuant la tête à droite et à gauche.

À présent, Asuka la voyait. Un corps fin, arqué ; deux longues pattes postérieures terminées chacune par deux griffes. Quant aux deux membres antérieurs, dont les muscles luisaient et saillaient dans la lumière pâle, ils se finissaient par une unique griffe, démesurée, pointue comme une lame recourbée.

La peau de la chose était noire et luisait comme du goudron.

Elle crut qu'elle devenait folle, incapable de comprendre ce qu'était cette chose et comme ayant basculé dans un angle mort du réel. Aucun mot ne lui vint, cependant elle revit le visage de la présentatrice télé, Maya Kobayashi, la fille au teint très pâle qui avait parlé de la découverte du corps dans le quartier des docks, avec ses yeux qui disaient « Ça aurait pu être moi ». Asuka comprit brusquement que ça allait être elle. Elle retint un sanglot, plaqua la main devant sa bouche pour ne pas faire un bruit. La créature était à présent juste au-dessous, au pied de l'échelle. Elle tourna autour de la structure métallique en flairant à nouveau, déployant avec souplesse ses longs membres. Asuka eut l'intime conviction que cette chose avait suivi sa piste. Mais depuis combien de temps ?

Pourquoi Cloud n'était-il plus là ? Elle eut un instant un espoir fou, qu'il arrive à son tour en brandissant un bâton de métal, qu'il l'aide à se débarrasser de cette chose qui rampait comme une mante autour de son refuge.

Hypnotisée par le manège de la forme, elle avait oublié le quai de plaisance. Toute voie de sortie semblait maintenant extrêmement lointaine.

La chose s'arrêta brusquement au pied de l'échelle et se mit à humer le premier barreau. Là où se trouvait une parcelle de l'odeur d'Asuka. À travers un interstice de la plateforme, elle discerna enfin son visage, qui tenait davantage du museau. Elle ne voyait pas les yeux. Il y avait en revanche un appendice long et pointu en guise de bouche, en forme d'entonnoir. C'était cet organe qui avait produit le sifflement.

Mais pas seulement, Asu-chan. Vu les blessures des victimes, c'est ce qui doit lui servir à creuser une blessure. À aspirer le sang.

Elle imagina une langue fine et pointue comme une aiguille de seringue.

Cette pensée déclencha chez elle une exclamation d'angoisse, étouffée par sa main gantée.

Aussitôt, les yeux écarquillés, elle vit la chose relever la tête, le museau dressé dans sa direction. Il ne lui fallut qu'une seconde pour pousser un sifflement aigu, plein du contentement d'avoir retrouvé sa proie.

Asuka sentit la puanteur qui sortait de cette bouche étroite, un endroit où du sang avait dû cailler, des morceaux de chair macérer et moisir. Puis elle vit frémir la langue effilée, *exactement* comme elle venait de l'imaginer.

La chose se redressa sur ses deux pattes arrière, éleva ses membres antérieurs et crocheta les barreaux.

Elle commença à grimper.

Asuka ôta le poing de sa bouche et se mit à hurler de toutes ses forces.

À suivre

Dans le prochain tome...

Asuka hésita avant de répondre et se lança :

TOI tu es rentré dormir après avoir semé la police.
MOI j'ai combattu un monstre près des docks.

Oh-oh ! Quel genre de monstre ? Un golem ?

Celui qui boit le sang des jeunes femmes.
Le Vampire d'Osaka.

La réponse de Cloud tardait ; il finit par écrire :

Tu plaisantes ?

Asuka aussi hésita.

Non. Je ne plaisante pas.
Mais je ne peux *pas*
te raconter ça par messages.

On peut s'appeler ?

Elle pensa à son père avant d'écrire :

J'ai beaucoup de travail.

Puis :

Je préférerais te voir pour en parler.

C'était un *date*, ça, à première vue. Asuka secoua la tête, déglutissant une bouchée de pizza. Mais parler du Vampire n'avait rien d'un rendez-vous galant, en réalité.

Lexique

Kamis (p. 19) : esprits de la nature vénérés dans les croyances shintoïstes.

Sensei (p. 37) : terme japonais désignant le maître. On l'utilise généralement pour s'adresser à un professeur en l'accolant à la suite de son prénom.

Shōnen (p. 38) : catégorie de manga traditionnellement destinée aux jeunes garçons. Il se décline sous de multiples genres (aventure, fantasy, sport...) mais est souvent fondé sur le *nekketsu*, c'est-à-dire le procédé narratif qui met en avant l'action et la quête d'un héros surmontant des obstacles de plus en plus hauts.

Seinen (p. 38) : catégorie de manga traditionnellement destinée aux jeunes hommes adultes. Les thèmes abordés sont souvent plus sérieux que dans les shōnen.

Sailor fuku (p. 54) : nom donné au célèbre uniforme porté par les collégiennes et lycéennes japonaises. Tout comme le *gakuran*, sa version masculine, cet uniforme s'inspire de la tenue des marins de l'armée britannique des années 1920.

Chūnibyō (p. 58) : terme familier désignant un jeune adolescent atteint de folie des grandeurs. Le chūnibyō est tellement persuadé d'être destiné à accomplir de grandes choses, qu'il s'invente une vie et des pouvoirs fictifs. En argot, le terme désigne aussi la crise d'adolescence.

Office lady (p. 60) : terme péjoratif désignant une femme qui travaille dans une entreprise japonaise et qui effectue des tâches de bureau à faible responsabilité, peu épanouissantes et sans perspective d'évolution.

Salaryman (p. 77) : terme désignant un homme employé de bureau, généralement représenté en costume et décrit comme étant extrêmement fidèle à l'entreprise pour qui il travaille.

Love Hôtel (p. 95) : hôtels dont on peut réserver une chambre à l'heure ou à la nuit, offrant de l'intimité et de la discrétion.

Kii-warui (p. 143) : expression du dialecte régional du Kansai désignant un sentiment de malaise.

Gomen (p. 144) : formule de politesse servant à s'excuser, se faire pardonner.

Shōjo (p. 146) : catégorie de manga traditionnellement destinée à un public féminin. Les shōjos abordent des sujets variés (musique, scolarité, sport...), couvrent des genres divers (romance, horreur, science-fiction...) et possèdent leurs propres codes esthétiques et narratifs.

Dating sims (p. 185) : le *dating sim*, que l'on peut traduire par « jeu de séduction » ou « simulation de drague », est une catégorie de jeux vidéo très populaires au Japon, dans lesquels le joueur a pour objectif de sortir avec un ou une partenaire en un temps limité.

À l'origine de *Mangaka*
Le Feuilleton des Incos

Proposer aux jeunes lecteurs de pénétrer dans les coulisses de la création d'une histoire. C'est cette idée, à la fois simple et novatrice, qui est à l'origine du Feuilleton des Incos, organisé par l'Association Le Prix des Incorruptibles.

Pendant plus de douze semaines, des groupes de lecteurs ont entretenu une correspondance personnalisée avec Thibault Vermot, l'auteur de ce roman.

L'objet de ces échanges ? Un texte posté tous les quinze jours chapitre par chapitre par un écrivain, passablement anxieux à l'idée d'être soumis aux jugements décomplexés des jeunes. Le résultat ? Une histoire commentée et questionnée par des centaines de lecteurs, aussi curieux qu'impitoyables, et autant de débats et échanges, questions existentielles et interrogations futiles, mots doux et bons mots…

Avec la complicité des éditions Casterman, le texte a été travaillé comme un manuscrit traditionnel avant de prendre le chemin des presses.

C'est une aventure où l'intime et le collectif se conjuguent et se répondent pour désacraliser l'acte d'écriture, comprendre le processus de publication d'un texte, inciter à la lecture, encourager la réflexion, tisser des liens privilégiés avec un auteur et, pourquoi pas, susciter des vocations…

Association Le Prix des Incorruptibles
01 44 41 97 20
www.prix.lesincos.com

LE FEUILLETON DES INCOS

Noms des groupes ayant participé au projet du « Feuilleton des Incos » avec Thibault Vermot :

— Les lecteurs du collège Ubelka d'Auriol (13)
— Les lecteurs du lycée professionnel Jules Ferry de Delle (90)
— Les lecteurs du lycée général Pontus de Tyard de Chalon-sur-Saône (71)
— Les lecteurs du lycée polyvalent de l'Élorn de Landerneau (29)
— Les lecteurs du lycée français Victor Hugo de Marrakech (Maroc)
— Les lecteurs du lycée polyvalent de Marie Laurencin de Mennecy (91)
— Les lecteurs du collège Gresivaudan de St-Ismier (38)
— Les lecteurs du lycée polyvalent privé St Joseph de Vannes (56)
— Les lecteurs du service enfance-jeunesse de la mairie du Péage de Roussillon (38)

Remerciements

Je remercie Mathéo B. de m'avoir fait découvrir *Bakuman* et Maxence R. de m'avoir mis *Berserk* et *Look Back* entre les mains, ce qui m'a permis d'ouvrir deux ans de lecture de shōnen par le bon côté. Merci à Sophie et à ma famille de m'avoir soutenu durant cette année pour le moins luxuriante. Merci à mes élèves du club d'écriture, parce que si c'était important pour vous durant cette année 2022-23, ça l'était tout autant pour moi ! Merci à toute l'équipe Casterman qui a cru en ce projet depuis le départ, vous m'en avez donné suffisamment de preuves ; merci à Céline côté édition ; à Agnès ; à Anne-Catherine. Merci à Amel, Elaine, Stanislas côté marketing, Malory, Lou, Samuel, Elisa, Julie côté relecture des (nombreuses) versions du texte.

Merci à Cécile V., lectrice de la première heure.

Écrire un texte est une aventure solitaire, c'est vrai, mais en écrivant tous ces noms, impossible de ne pas s'apercevoir que quand le texte devient livre, l'aventure devient collective.

Je remercie spécialement Vanessa C. et Cyrielle L. pour leurs fines relectures.

Merci Audrey pour les photos et cette séance de juillet avec Salomé en teneuse de réflecteur !

Merci Marie pour tes illustrations. Quel travail, quel décor, quelles trames... et quelle Asuka !

Enfin,

Merci Clémence. Merci pour Inio Asano, pour *Full Metal Alchemist*, pour nos échanges constants – je compte 270 mails en un an... – au sujet de « MGK », pour ton implication sans faille. Pour le dire en peu de mots, je te remercie de faire ton travail d'éditrice comme tu le fais : avec une grande clairvoyance. Sans toi, ce livre ne serait certainement pas ce qu'il est aujourd'hui.